一个人的西部
致青春

雪漠 著

人民文学出版社

图书在版编目(CIP)数据

一个人的西部·致青春/雪漠著.—北京:人民文学出版社,2019
ISBN 978-7-02-015133-2

Ⅰ.①一… Ⅱ.①雪… Ⅲ.①散文—中国—当代 Ⅳ.①I267

中国版本图书馆CIP数据核字(2019)第058986号

责任编辑　陈彦瑾
装帧设计　刘　远
责任印制　徐　冉

出版发行　人民文学出版社
社　　址　北京市朝内大街166号
邮政编码　100705
网　　址　http://www.rw-cn.com

印　　刷　三河市鑫金马印装有限公司
经　　销　全国新华书店等

字　　数　140千字
开　　本　850毫米×1168毫米　1/32
印　　张　9　插页19
印　　数　1—10000
版　　次　2019年7月北京第1版
印　　次　2019年7月第1次印刷

书　　号　978-7-02-015133-2
定　　价　39.00元

如有印装质量问题,请与本社图书销售中心调换。电话:010-65233595

目 录

追梦人的期许(序)………… 1

第一章 娃娃时代………… 1
  1. 家乡………… 1
  2. 老故事………… 7
  3. 父亲………… 15
  4. 母亲………… 23
  5. 童话………… 26
  6. 瞎仙………… 31
  7. 弟弟………… 36
  8. 怪孩子………… 42
  9. 小演员………… 55
  10. 女人精………… 60

11. 舅舅……… 63

12. 花娃娃书……… 68

13. 快乐童年……… 72

第二章　求学时期……… 81

1. "老公鸡"……… 81

2. 莲子……… 89

3. 武威一中……… 94

4. 练武……… 104

5. "农村孩子"……… 109

6. 不完全是失败……… 115

7. 节省时间多看书……… 120

8. 两个变化……… 125

9. 敏感和坚持……… 131

第三章　步入社会……… 137

1. 隐士……… 137

2. 对自己苛刻……… 142

3. 战胜自己……… 148

目 录

4. 邂逅……… 154
5. 开始恋爱………… 159
6. 纠结和承诺………… 164
7. 风暴……… 169
8. 无奈……… 179
9. 孤独……… 188
10. 处女作……… 194
11. 结婚……… 199
12. 萌芽……… 203
13. 异类……… 210
14. 短暂的"流放"………… 217
15. 进教委……… 223
16. 机会和折磨………… 226
17. 转折点……… 231
18. 梦魇和坚持………… 238
19. 弟弟的命难………… 245
20. 生命困境……… 251
21. 重生……… 254
22. 剃发……… 258

23."一夜成名"………… 263

感恩相遇(跋)………… 272

追梦人的期许(序)

2015年,人民文学出版社出了我的一本长篇自传体散文,叫《一个人的西部》。在书中,我将自己过往的人生简单地做了一次回顾。通过这次回顾,读者也可以看出几十年来,我的家乡发生的一些变化。不过,我最主要的目的,还是讲人与文化、人与土地的关系。

后来,《一个人的西部》引起了反响,很多读者向自己身边的人推荐它。他们觉得,这本书可以引导、帮助年轻人成长,可以减少青年因为迷茫而虚耗生命的可能。

于是,有些朋友就提出了建议:能不能把《一个人的西部》简化一下,出个青春版?我觉得这个建议很好。一个人在青年时代最需要的,其实是人生的灯塔。当他们拥有了这个灯塔,生命就有了参照。我希望《一个人的西部》能成为一些青年成长的灯塔。只是,《一个人的西部》里除了人生,还有文化和时代,对年轻人来说,有些内容有点深奥。所以,我从《一个人的西部》中选取了适合年轻人读的内容,做了修改和重编,于是有了这本书。

这本书的主要内容,是一个追梦者如何寻找和确定梦想,如何追求梦想,最终如何实现梦想。其中也谈到了这个追梦者如何做出诸多的选择和取舍,如何走出成长的陷阱和误区,最终成为自己想要成为的那种人。如果能认真地读完这本书,人生中的很多迷惑,都会解开,对自己将来要如何面对人生,如何面对一个庞大的、未知的世界,也会有所准备。

这是出版这本书的初衷,也是我对读者们的期许。

一位朋友告诉我,有些青年求学时期还有梦想,但是进入社会后,就渐渐变成了不思进取的混混。这虽然跟社会的复杂环境有关,但主要还是看自己如何选择人生。如果懂得选择,社会自然会给你提供较好的环境;如果不懂选择,社会就会变成一个大染缸,让你被庸碌、舒适的环境所熏染,一天天下去,你就会失去前进的动力,失去追梦的激情,你会觉得舒适的生活也很好,不用再努力了,努力多累啊,再不享受,人就老了。

很多读过《一个人的西部》的朋友都对我说:你的青春太苦了,也太无趣了。其实,我也在享受,而我最大的享受,就是珍惜每一分每一秒,让自己无悔。无悔的青春、无悔的人生,才是安宁的。除了这个,我不太在乎其他东西。我也不在乎别人眼中的精彩,我有自己的精彩。我心中最精彩的青春,莫过于一段用尽全力去追梦的日子。那些汗水,那些忍耐,那些忏悔,那些升华,那些进步,都是我青春中最宝贵的记忆。那段记忆的名字,就叫梦想。

有梦想的人,是不会老的,当然,他的躯体仍然会老,但是,只要他的梦想没有死,他的心就不会老,他始终会有一种青春的热情和纯真,他会享受他生命中的一切,因为一切,都已经融入了他的快乐,融入了他的梦想,变成了他的生命本身。

我还要告诉大家,让我成长为今天的雪漠的,确实是本书中记载的这条路,但这条路上还有更多的、大海般壮阔广博的风景,是这本十余万字的小书无法囊括的,甚至是我百万余字的大书也很难囊括的。我在几十年的创作中,一直试图将那个世界完整地展示出来,但无论我如何努力、如何笔耕不辍,也还有很多东西没有写。我展示了的,只是冰山的一角。

所以,如果你对自己有所期许,我希望你能好好地读完这本书,但当你读完这本书之后,如果对人生确实有了更高的期待和要求,想要活出一份无悔的青春,想要创造一种岁月毁不了的价值时,我希望你能看一看我的其他作品。因为,让我成长为今天的我的,绝非一些简单的方法和道理,而是一个巨大的智慧宝库,也是中国传统文化中的精髓。所以,我们要认认真真地学习中国传统文化,唯有这样,我们的心才能承载我们想要的那个未来。

真正的成长无疑是艰辛的,但这种苦,我们值得吃。而且,从真正意义上看,它也不是苦,反而是一种乐。这是我的亲身体会。现在,你或许还不能深刻地体悟我的这句话,但你如果读完了这本书,就会明白我为什么会这样说——这同样是我的一种期许。

所以,在这里感谢你打开这本书,甚至选择、阅读这本书,也祝福你,希望你的这个选择能让你受益,至少能在阅读的当下,带给你一些正面的东西,例如一份温馨和好心情。

2019 年 5 月 1 日于武威雪漠书院

第一章 娃娃时代

1.家乡

我是1963年农历十月二十日出生的,我的家乡在甘肃武威。但我常说的家乡,还不是武威,而是一个更小范围的所在——武威市凉州区洪祥镇陈儿村四组。

那是一个非常偏僻的小村,偏僻到什么程度呢?我翻过很多地图,包括武威市的地图,却一直没有找到它。它在外相上也非常普通,那样的村落,在西部有很多,叫对它,我一直有一种特殊的感情,毕竟它是我的家乡,我是在那里出生长大的。去武威城里上高中以前,我一直待在家里,小学上的是家附近的夹河小学,初中上的也是家附近的洪祥中学,后来考上了武威一中,再后来读了武威师范学院,我才开始远离家人的生活。

现在看来,家乡的土地,给我的影响确实很深,在那里,我接受了最早的文化和艺术熏陶,天性中的一些基因,比如对书的热爱、对信仰的追求,都是在那块土地上被激活的。我的梦想、我的创作基调等,都有着那块土地的印记和味道。而另一方面,我最天真无邪、最无忧无虑的时光,也是在那里度过的。所以,直到今天,我仍会时时想起家乡的那块土地,留恋它带给我的那种温馨。

我出生的时候,我们村还不叫陈儿村,叫夹河大队。那时节,许多村子都叫大队、小队啥的。我们村跟邻村之间夹了条河,那河便叫夹河,我们村,就成了夹河大队。更早的时候,我们村有过一个"红湖"的称谓,后来,不知为啥,成了夹河大队。但过了一阵子,夹河大队又成了陈儿村,跟更早的陈儿沟有关,这名字,一直用到了现在。不过,日后人们心血来潮,又想换时,那称谓又会变的。所有名字都是这

第一章 娃娃时代

样,都是人类的游戏,源于一时的情绪。

陈儿村还叫陈儿沟的时候,凉州有很多地名里都有"沟"字,除了陈儿沟,还有刘家沟等。因为西部历代缺水,水在西部人心中,是个抹不去的清凉象征,在西部的历史上,围绕水源,也发生过许多故事。

西部山多焦秃,荒无寸草,风沙时现。在那片望不到尽头的焦黄中,每一捧泥土里,都有历朝历代留下的血腥往事。有时,我甚至会出现一种幻觉:凝神屏息,俯下身子,就能听见无数冤魂的号哭,还有那片土地的叹息。那里的每一寸土地都在告诉我,过去的人们,是怎样杀红了眼,争抢他们视为生命的水源。好些地方以石为证,想用无常之石刻,处理永久之纠纷,但争水、抢水发生的流血事件,却没有因此绝迹。小的时候,我也亲眼看见过这类事件。

那时节,夹河还在流水,它所属的武威南沙河水系上,有十四条引水渠,都以"沟"命名,如陈家沟、夹河沟、仰沟、磨沟、达子沟、温台沟、高家沟、姚家沟等。虽然现在水系已干涸了,但它曾经水草丰美,能灌溉四万多亩土地,甚至会时不时地发上一场大水。于是,沿河的村子就经常发生纠纷,谁都想多占一些水源,这样就能灌溉更大面积的田地。

为了减少村子之间的纠纷,让大家能和平相处,那一带定下了规矩:谁家挑的泉——"挑泉"就是将河沟里的淤泥杂物挑出来,免得影响泉水的喷涌和流淌——水流的区域主权便归谁。这一点,跟国际惯例相似:谁最早开发,主权就归谁。人类世界充斥着这样的游戏规则,整个人类社会运作的基础,便是这些规则。庞大的人类群体,在每一分每一秒中,其实都在玩着自己创造的关于生存、生活和幸福的游戏,只是很多人没有察觉到而已。除了和谐、共存、快乐、有序之外的一切,都是游戏所产生的幻觉,没有太大的意义。不知道的人,才会为了这些,打破和谐与共存,让自己和别人陷入人为的灾难。比如,挑泉的规矩本是为了减少纠纷,却成了温台沟人跟陈儿沟人闹纠纷的一个理由。

很多年前,温台沟人一直在他们的上游挑泉,地盘很大,一直通到陈儿沟上游的刘家沟那儿。每到他们挑泉的时候,河里就扎满了人。此前,我从来没有见过那么多人,整个河里黑压压的一片。所有人都弓着身子,站在水里,将河沟里的黑泥一条条扔到外面。我还记得,那黑泥有一股很怪很腥的味道。

当时我看温台沟人,就像现在的娃儿看外国人一样,充

第一章　娃娃时代

满了胆怯和好奇。因为他们身上总有一种野性的味道，跟我们村人不一样。他们也很凶，若是有人将他们的泉水引去浇了庄稼，他们就会把那人的庄稼翻到泥浆里去。他们把捍卫自己的地盘，看得跟捍卫自己的尊严一样重要，发现任何异物，都会毫不留情地铲除。

我曾在短篇小说《四爷的磨坊》里写过一个看磨的老人，那磨坊的原型，就架在通往温台沟的水道上，水很大，直冲下来，就能冲转有许多水兜的木轮，木轮就能带了磨盘，飞快地转动。水小时，磨盘会时不时发噎。有时，妈就叫我候在旁边，待那磨盘发噎时，就转它一下，助它一臂之力。这也成了我记忆中的一件大事。虽然那磨盘在孩子眼中大得邪乎，我却总是觉得自己浑身都是力量。每当能帮到它时，我就会觉得自己顶天立地、豪气冲天，是个大人。当然，这也因为妈妈总会夸我，妈越夸，我就越是卖力。但正是因为那磨盘架在温台沟人的地盘上，温台沟人心情不好时，就会拿磨坊出气。听说，磨坊叫他们拆过一次，当时，爹骂了那拆磨坊的人。那人是车户，跟爹的关系很好，爹骂过他之后，温台沟人就再也没有拆过磨坊。

那磨坊，算是两村之间唯一平息了战火的地方。当然，这也因为它跟三寸喉咙没啥关系,要是我们村人架的不是磨坊,而是水坝,温台沟人就一定不肯让步了。

那时节,村里人喜欢在河里筑起一道坝,给自家的庄稼浇水。因为我们村地势高,要是没有坝,是很难浇地的。但温台沟人不管,他们觉得泉是自己挑的,凭啥叫你们陈儿沟的人浇水?他们就时不时地赶了来,挖开大坝。为了那三寸喉咙,村里人当然也不肯让步,于是两村老有纠纷。

听老人们说,自古以来——没人知道古到啥时候,村里人没有历史意识,从来不会用文字记录历史——我们村就经常跟温台沟人为了水而打架。我们村只有几百人,温台沟有上千人,所以,每次抢水,我们都会输。最凶险的一次,是温台沟人要进攻村子,都说要是人家攻进来,就血流成河了,村里人于是很害怕。他们聚在某家,在房顶上装满石头,要是对方真来进攻,他们就用飞石头招呼。但也许是走漏了风声,那次,温台沟人没来。

其实,按爹的说法,陈儿沟也有几个穷恶霸,他们老在黄羊镇的大墩槽里干些没本钱的买卖——当土匪。在跟温台沟人的较量中,他们也曾抡了刀上扑,却叫对方的飞石头砸破了脑袋。

可见，那时候，我们两村人是水火不容的，村里人还给他们起了外号，叫"温驴娃子"，每当村里人谈到"温驴娃子"，那语气都跟中国人谈到日本鬼子一样。

2. 老故事

很小的时候，除了老听老人们讲那时的故事，我自己也目睹过两村之间的械斗和纷争，非常惨烈，这成了我童年记忆中挥之不去的阴影。《西夏咒》中的很多械斗场面——不仅仅是抢水的场面——都渗透了我童年时的那段血腥回忆，也是因为那段回忆，我慢慢开始思考人性，追问人和人之间为啥要厮杀。

虽然当时我还小，并不能完全看清事件的来龙去脉，也难以分析出人性深处的东西，但这样的经历为我提供了另一种营养，类似的许多思考，以及真正彻悟后对人性的剖析与追问，都成了《猎原》《白虎关》《西夏咒》《野狐岭》等小说的营养。没有深刻的反思，就没有灵魂的深度。

老人们常给我讲的故事中，我印象最深的，是孝子杀母的故事。那被杀的老人，还是我的一个太太——凉州人管爷爷辈的妈妈叫太太,天知道为啥这样叫——《西夏咒》中有个叫瘸拐大的人物,他最初是个大孝子,对母亲非常好,千方百计地想让母亲过得相对好一些,但是,当他面临生命威胁时,却仍然出卖了母亲,亲手把母亲送上了绝路。这个人物的原型,就是被杀的那个太太的儿子。

记得小时候,老人们总是用一种神秘而兴奋的语气,讲这个故事。他们说,温台沟人抢水时,陈儿沟人从来没有赢过,唯有那一次,陈儿沟人打死一个老人,栽赃到温台沟人身上,说他们抢水时杀了人,温台沟人觉得理亏,才多给了陈儿沟一些水。老人们还说,成功的时候,村里人非常高兴,大家都觉得那是陈儿沟唯一的一次扬眉吐气。每当说到这个故事,老人们都显得无比自豪,无比开心,娃娃时代的我,就会跟着一起笑。直到几年后,我懂事了,再想起这个故事,心里才有了一种疼痛。

按说,我是个早熟的孩子,很早就有了思考的习惯,而且我看问题的角度总是跟大部分人不一样,但我还是没有马上看出那故事的悲哀。不知道为啥,也许因为我当时太小,环境又太强大。

《西夏咒》里的瘸拐大也是这样,母亲死的时候,他很伤心，非常恨那些逼他害死母亲的人，但因为所有人都在欢呼，都觉得他是英雄，他的想法就渐渐地变了。再后来，他多次受到生命威胁，每一次都会为了活命，做出灭绝人性的事情，比如活剥人皮等。单纯看这个人物的行为时，你会觉得他很恶，但你如果想得更深刻一些，就会发现他只是一个寻常人，很多人在他那样的遭遇面前，都可能像他那样做，并不是每个人都能守住道德底线的，因为，自我保护是动物的本能。如果我们也遇到类似的威胁，我们会怎么做？我们之中有几个人能守住原则和底线？其实都不好说。

不过，清醒地知道该怎么做，但没有力量去选择，还不是最可怕的，最可怕的，是一个有理由坚守原则，也有力量坚守原则的人，却不清醒，不明白，不知道该怎么选择。这时，他可能会把尿布当成旗帜，充满激情地挥舞，给世界带来无数的灾难，而且到死都不知道真相，反而觉得自己很伟大，被自己给感动了。为什么？因为环境把罪恶美化成了一种高尚的牺牲。很多恐怖分子就是这样养成的，当他们把自己当成人肉炸弹时，当他们利用爱心和信任去伤害对方时，他们或许也有一个更高的理由。然而，这个理由是不是真的更高，高到可以凌驾一切，包括别人的生命，就是另一回事。

当然,还有一个更重要也更本质的原因,就是欲望。乡亲们为啥觉得为了抢水杀掉一个老人是值得的?因为大家都在乎水,水是所有人的命根子。而且,长久以来受到的委屈,让很多人心里都憋了一口恶气,谁都想出出气,让温台沟的人也栽上一回。因此,他们看不到残忍,也看不到老人临终时的恐惧和痛苦,只看到自己比对方得到了更多的水。很小的时候,我之所以跟着老人们一起笑,也是因为我不明白什么是罪恶,只看到胜利带给乡亲们的快乐。可是,当我有了自己的思想时,我就看到了更多的东西,比如屠杀的罪恶和当事人的痛苦。在我看来,只要有人被打死,就不是多么值得高兴的事情,哪怕被打死的是个风烛残年的老人。后来,我又想到了那个死了母亲的孩子。死了母亲,这本身就是一件很让人痛苦的事情,何况他自己就是凶手之一?他为什么会做出这样的事情?做了之后,他会怎么样,会不会后悔?如果再次遭遇类似的事情,他会怎么选择?……我的很多思考,后来都融入了《西夏咒》。

其实,就算陈儿沟和温台沟为夹河里的水拼了命,也守不住那些水的,因为夹河慢慢地干枯了——自打凉州修了

第一章　娃娃时代

西营水库,祁连山上流下的雪水就被截住了,夹河的河沟里慢慢地没了水,泉也渐渐干了。后来,草没了,树也死了,昔日抢水的战场就成了戈壁滩。再后来,因为同样的理由,民勤县的很多绿洲也没了。这个结局有点像《猎原》中猪肚井的遭遇。

我在"大漠三部曲"里写到的很多场面,其实都是有原型的,我是在生活的基础上进行艺术创造,所以我笔下的一切都是真实的——当然,我也不是在临摹现实,我只是诚实地写出了一种规律的真实呈现。

《白虎关》里的大沙河也是真实的,它就是我记忆中的夹河。那时节,夹河里有很多水,河滩上还有一座芦苇荡,高可盈尺的芦苇丛里藏了好些动物,有狐狸,有兔子,甚至有狼。树也很多,有成片的红柳。红柳的韧性极好,将枝条们拴在一起,就成了舒服的吊床。当时的河湾上充满草皮,土壤极为湿润。我们小时候喜欢拿着小铲子在河边掏土,一铲一铲地掏下去,要不了一尺,就会有水从地底下冒出来,一晕一晕的,然后汇成一股,最后就成了汪洋。我还记得新出的泉水很清洌,喝一口,透心凉。闷热的夏天,我常会像书中的兰兰那样,到泉沟里玩水。我总会细细地观察泉水涌出时的情景,看那一晕晕的细沙在水中打旋,柔柔的,美到极致。看不了多久,我的心就化了。

《白虎关》中猛子们跟护林老汉冲突的故事也有原型,那老汉的原型叫何锋年,是我小时候大队里的一位护林老人。那时节,大队领导还知道环保,专门派何锋年去看树。那老汉非常认真,简直可以说是偷树者的克星。此外,他也看草,不让大队里的牲口去吃草,理由是,怕牲口们吃着吃着会啃树。这理由,挡住了我爹对牲口的一份爱。因为,我爹当时很馋林子里的那些草,有时夜里,会偷偷叫醒我,牵了大队里的枣红马和黑骡子们,拿草塞住它们脖子里的铃铛,把它们牵到柳丛里。要是牲口能吃上一夜,爹就会开心许多天。不过,何锋年有时会偷偷地摸了来,把我和爹逮个正着。他对付爹的方法,主要是恶狠狠地骂,有时也会没收牲口的皮笼头。那时的皮笼头不多,一个牲口只有一副,要是给没收了,爹就会赔笑,保证不会再犯。这时,何锋年多半会心软,把皮笼头还给爹,可爹实在太爱牲口了,要不了几天,他又会在半夜里弄醒我,叫我牵了马儿们去林子里吃草。

那时节,也有些调皮鬼车户专门欺负过于认真的何锋年,其方式,多是《白虎关》里写到的"老汉看瓜":"猛子割断一截绳子,反捆了老汉双手,又解下老汉裤带,手一按,将那愤怒的脑袋塞进他自家的裤裆里,用裤带扎了。这下,老汉成了圆球,在沙洼里乱滚。因了裤裆的遮挡,骂声也含糊了许多,只闻愤怒之声,难辨其内容了。"虽然遭到戏弄,很是丢脸,但何锋年还是一如既往地认真。遗憾的是,他尽职了一辈子,林子也还是没有护住。

我的儿子陈亦新已经看不到我那个时代的家乡了,我的孙女陈清如更是如此。小清如看到的家乡充满了黄色,四处都是戈壁荒滩,有些地方明明是河道,却没有水,土地干枯龟裂,像是百岁老人的皮肤。"大漠三部曲"中的世界,她在现实生活中再也看不到了。当然,我也希望有一天环保工作能见成效,将大片已经沙漠化的土地再变成绿洲——我不能说不可能,毕竟民勤又出现绿洲了,但很多生活场面,却比土地更难复原,它们的消失,是不可挽回的。所以,如果陈清如长大后,问我家乡是啥样子,你们以前是如何生活的,我大概只能拿出"大漠三部曲",告诉她,你看看这套书吧,书里写的就是你的老家,你的爷爷奶奶曾经就是这样活着的。

《西夏咒》里还有一些场面也是真实的,比如"偷青"。

小时候,我跟一个大姐姐玩得很好,那个大姐姐叫川兴女,曾经是我的邻居。那时节,我们住在同一个大院里,除了我们两家,院子里还有好几户人家。川兴女的父母过去是地主,家里有三个孩子,她是老三,上面还有一个哥哥和一个姐姐。她的哥哥叫陈守生,是村里仅有的几个家里有书的人之一,我曾向他借过书。

虽然我叫川兴女"大姐姐",但她其实比我大不了几岁,当年也是个孩子。她常带了我,去生产队的地里挖大豆种子。那些种子被湿土泡得软软胖胖的,我们刨出几个,点燃麦秸,然后将大豆种子丢进火里,不一会儿,拾出,扔进嘴里,就会尝到一种夹带着生面气的美味。那时,我觉得自己尝到了天堂的味道。这个味道一直停留在我的记忆里,写《西夏咒》的时候,我就把它写了进去。当然,我对川兴女的情感,跟阿甲对雪羽儿的情感很不一样。还是那句话,我是以真实的生活细节为素材,进行了艺术的再创造。

《西夏咒》里还有一个看似荒诞的情节,其实也是真的——书中写道:"三岁那年,你不是还能看到一个麻脸老汉吗?他向你伸出手,手里有豆豆糖,你总是叫爷爷豆豆糖

爷爷豆豆糖。你就是吃着爷爷的豆豆糖度过童年的,你并不知道爷爷已死了多年。"类似的神秘现象,在西部大地上很是常见,总有人能看到一些死去的人。有些人称之为幻觉,有些人称之为想象,但世世代代的西部人都认为这是真的。在他们眼里,神秘世界就像他们没有去过的南方城市一样,是真实的存在。这是西部人的一种独特思维。

在这里,我不想讨论这种思维本身,也不想讨论鬼魂到底存不存在,我只想告诉你这种思维的存在,因为它影响了世世代代的西部人——对神秘世界的敬畏,是西部文化的一个重要组成部分,不了解这一点,就很难了解过去的西部人。

3. 父亲

我的父亲叫陈大年,是"大漠三部曲"中老顺的原型。他的个性很像老顺,老实憨厚,质朴正直,没有任何心机。而且他从不逢迎拍马,也绝不做昧良心的事情。他总说,要是做了那号事,祖宗都会羞得从供台上跳下来。我眼中的好人,就是爹这样的人。

爹的好体现在很多方面，例如，他总会帮助一些比我们更困难的人。因为，我们家虽穷，但爹是马车夫，有支配牲口的权力，能从别处拉来煤啊、炭啊之类的东西，而村里的一些人——如瞎仙贾福山等——却连这些东西都没有。于是，每逢冬天，爹就会拉来煤炭，给他们送去，让他们也能平安过冬。而且爹不觉得这是在做好事，反而觉得，若是不这么做，就对不起人家。所以，任何人只要向爹求助，爹就会尽力帮他。比如，半夜里要是有人得了急病，要去很远的地方求医，就会来我家找爹，爹就会立刻放下手头的事情，套上马车，啪啪啪甩着鞭子赶车，用最快的速度把病人送到医院。据说，爹这样救过好多人的命。还有一次，村里有个老人半夜大出血，不能用马车送，怕颠，但人们不知道该怎么办，还是找到了爹，爹就让老人躺在门板上，叫上几个人，用扁担抬起门板，做成简易担架，走路把老人送到了二十多公里外的医院里抢救。那天晚上，大家差不多走了一夜，但爹没有任何怨言。

爹还说过一句很好的话："老天能给，老子就能受。"每次爹一说这话，我就觉得他特别高大，特别了不起，有一种天塌下来也打不碎的尊严。所以，我写"大漠三部曲"的时

第一章　娃娃时代

候,就把这句话和这种态度都给了老顺。老顺就像我的爹爹那样,始终挺着腰杆面对生活中的一切,无论遇到什么样的苦难,他都会无条件地承受,从不叫苦。在塑造这个人物的时候,我就像回忆爹爹一样,你在书中读到的我对老顺的爱和敬佩,其实就是我对爹的爱和敬佩。如今,看到老顺,我就会想起爹,心里就会涌起一股暖意。

从小,爹就像大山,给我依靠,给我鼓励,有爹在,我就会觉得非常踏实。那时节,他在我的心里非常高大,是我学习的榜样。我记得,进城读书的第一天,爹背着一袋面带我去外村赶便车,我跟在他的后面,他迈着坚实的大步往前走,在新翻的土地上留下一串大大的脚印,我就悄悄地踩着那些脚印发愿,希望自己日后能像爹一样强大,做一个就算天塌下来,也不会被压垮的汉子。虽然后来我长大了,我的生命中出现了很多比爹更强大的人,但爹那时的背影,我却一直忘不掉。

爹对我的影响太深了,我有很多地方都很像他,最明显的一点,就是我们都会把最好的东西送给朋友,不在乎值不值得。

有一件事,我的印象很深:我家养过一只藏獒,我们叫它老山狗。它的脊背很宽，嘴头很厚，特别肥壮，待人也很是友善，是我们村里最好的一只狗。在我心里，它不仅仅是狗，也是我们家的一分子，是我们的亲人，更是一个鲜活善良的生命。但是有一天，有个亲戚来我家做客，看上了老山狗身上的肉，想吃掉它，还擅自拿了把刀，割断了老山狗的喉咙。老山狗对人很热情，总是善待每一个来我家做客的人，它怎么能想到，这个看似友好的人，竟会用刀抹它的脖子？于是，老山狗死了，成了饭桌上的一道菜。但爹没怪那亲戚，我们也没有发脾气，可谁都不愿吃那狗肉。最后，那亲戚吃饱喝足回去了，爹就把剩下的狗肉给了瞎仙。其实，当时大家都在挨饿，我们全家人都吃不饱肚子，但我们实在不忍心吃老山狗的肉，就像有些人宁愿饿死，也不愿吃自己的孩子。

饥荒时期总会出现两种人：一种人宁愿吃掉自己的孩子，也要活下去；另一种人宁可拿自己的肉来喂养孩子，也要让孩子活下去。如果我们也面临那样的绝境，爹肯定会是后一种人，妈也一样。

憨厚的爹没有太大的梦想，他唯一的念想就是养大我和弟妹，供我们读书，让我们将来有出息，能过上好日子。

第一章　娃娃时代

很多西部农民都是这样,都把孩子当成自己的梦想,也把孩子当成自己活过的证据。但我和爹不同,我的梦想是成为作家。好的一点是,我们都实现了梦想:我成了作家,爹成了一个好父亲。

爹真是一个好父亲,为了家,为了我们这些孩子,他受了很多苦。我之所以那么努力,除了想要实现自己的梦想之外,也是想要成为一个能令爹自豪的儿子,让他能过得相对好一些,能安享晚年。不承想,我终于有这能力时,爹却得了癌。

知道爹得病时,我并没有消极地随缘,我一方面带他去医院治疗,另一方面经常为他祈福。另外,爹喜欢美食,我就带着他吃了很多他过去吃不到的东西,还让他住上了他过去住不上的好楼房,也算是让他享过福了。我不在乎这些努力有没有用,我觉得,既然死亡还没有真正降临到爹的身上,就要努力争取,尽量让爹多活几年。此外,我也是在表达自己的一份心意,我知道,这份心意会让爹觉得温暖、踏实,有一份好心情。这样就够了,我们就能少一些遗憾。

有时,我也会想到父亲的病,想到父亲为啥会得那病——父亲那一代的西部农民很苦,连基本的生存条件都很难得到满足,吃不饱穿不暖,就是他们的生活常态。在这种情况下,他们是顾不上健康的。

《大漠祭》里常会出现一种叫"山药米拌面"的食物,它就是西部人的主食,但它只是听起来很有营养,实际上并没有太多的营养,也提供不了太多的能量。因为它的用料很少,就是往锅里下一到两把小米,然后切几个山药——不是淮山,而是土豆,我们那儿也叫山芋——待得那山药煮烂了时,再往锅里倒上一些面水,让那米汤显得稠一些。小时候,我们早餐吃的就是它,每人一顿虽然能喝上两大碗,但没过一会儿,肚子就一定会饿,因为那成分大多是水,不顶饱。好些的时候,我们中午还能吃上点汤面条——很少,我们一般只有在过节时,才能吃到面条和馍馍——要是没有面,我们就在开水里下一把米,再放上些浆水酸菜,就做成了我们所说的酸米汤。晚上也差不多,至多把小米换成别的。这就是凉州人传统的一日三餐。虽说很难熬,但那时节谁家都这样,不只是我们家,所以,虽然我老是觉得肚子饿,但不觉得有多委屈,也不觉得这是一种苦难。

但我很羡慕爹,因为爹能吃到饼子——我们也叫馍馍——每过一段时间,爹就会赶着马车到很远的煤矿去拉煤,来回一般要四天。路上没吃的,他就带上十二个饼子,一天三个,一顿一个。有一次,我实在饿得受不了了,很想吃爹的饼子,又怕自己拿走一个饼子之后,爹有一顿饭就要挨饿。于是,我就在每个饼子上都咬上一口,这样,我既能吃上饼子,爹也不用饿肚子。谁知道,爹在半路上遇到朋友,又没啥可送的东西,就想送个饼子给人家,结果打开包裹一看,才发现每个饼子上都缺了一口,就没有送成。

后来我才知道,爹虽然有饼子吃,但他其实比我们都饿,因为他是大人,本来就需要更多的食物,而且他要干很多体力活,一顿一个饼子根本不够。但他为了让我们能多吃些,总是尽可能地减少自己的饭量,久而久之,就熬出了胃病。我甚至认为,爹之所以后来会得胃癌,也跟他长期挨饿,胃受到了极大的损伤有关。每当想到这,我就会觉得沧桑和伤感。

而且,我很怀念爹的笑。小时候,爹的笑容总能让我得到安慰,每当想到他的笑,我的心里就会暖洋洋的,我很喜欢看到爹笑。可爹却不在了,我再也看不到他的笑了,每一想起,我就想落泪。有时,一看到在街头的寒风中行乞的老人,我就会不自觉地念叨:我再也没个爹爹了!我再也没个爹爹了！这时，我的心里就会涌起巨大的悲哀。然后，我会给那老人一些钱，权当是孝敬自己的父亲。如果我手里拿着的是硬币，就会小心翼翼地放进他们的碗里，我怕那响声，会刺耳，惹他们不快。那时，我眼中的他们，都是跟父亲一样的老人，我总能从那些仍在经受苦难的老人身上发现父亲的影子。所以，我很感激他们，是他们让我有了一种孝敬父亲的感觉。后来，我还会经常给一些老人寄些东西，我眼中的他们，都是父亲。

其实，就算对象不是我爹，也不是我爹那样的老人，而是其他人，甚至是那些曾经给我制造过违缘的人，我也会这样对他们的。因为，我做到了年少时所向往的"与人为善""己所不欲，勿施于人"和"视众生如父母"。所以，我的人生中很少留下遗憾。

当然，父亲去世时，我还是会痛苦，但因为没有遗憾，也因为日常的修行让我有了智慧，发现了心中那个没有痛苦的地方，所以我能站在那个地方，观察那痛苦。

每个人，无论大人还是孩子，其实都能做到这一点，区别只在于他想不想做到。不过，不管他想不想做到，有一件事都是他必须去做的，那就是面对痛苦。

死亡是人生中必然出现的剧情,此外,人生中还有很多类似的剧情,酸甜苦辣,百态百味,人都不得不品尝。每个人能做到的,不是远离这一切——任何人都远离不了——而是明白一切都不可执着,都是记忆和幻觉,然后远离一切痛苦,在痛苦来临之际,品尝觉悟的滋味。

4. 母亲

我的母亲叫畅兰英,她刚毅强悍不服输,是典型的西部女人。《大漠祭》中灵官妈的很多细节,都源于我的母亲。换句话说,我的母亲就是灵官妈的原型。

母亲跟父亲的性格很不一样,但有一点他们很像,那就是善良。母亲非常善良,经常帮助村里人,在大家都挨饿的时候,她还老是把好吃的让给别人。

我尤其记得她对古浪人的帮助——当时,整个西部都很困难,大部分西部老百姓都过得很苦,但比起古浪等地的老百姓,凉州老百姓的生活就好多了。古浪没有水,是全中国最干旱的地方,当地的自然资源之匮乏,可以说到了非常可怕的地步。直到今天,当地老百姓的生活依然很苦,一个家庭一年的收入,可能连发达城市的人均月收入都比不上。所以,过去的古浪人如果实在活不下去,唯一的出路就是出来讨饭。有时,他们甚至不是一个人出来讨饭,而是全家人一起出动。那时节,也有古浪人来我家,母亲对他们非常热情,总会尽力为他们置办食物。就算家里实在没有吃的,母亲也会带着他们挨家挨户地去借,想方设法地帮着他们活下去。有些古浪人实在太苦了,还会在我们家里住上很长一段时间。父母除了养活全家七口人,还要照顾这些客人,非常辛苦,但他们没有任何怨言。在他们看来,谁的命都是命,如果能让大家都活下去,他们自己苦一点也没什么。

还有一件事也很让我感动:我的妹妹生了个女儿,有人就想丢掉——西部人重男轻女,如果家里还没有男孩子,女娃一生下来就会被抛弃,《大漠祭》中小引弟的悲剧,在我们那儿经常发生。我在《长烟落日处》里也写过好些莫名死掉的女娃,她们也是因为同样的理由,被父母抛弃的。但母亲不同意这种做法,在她眼里,女娃也是自己的孩子,跟男娃没啥不同,不能因为重男轻女,就间接杀死自己的孩子。后来,她把那个孩子留在身边,自己养着,虽然很辛苦,但她一直无怨无悔。

第一章 娃娃时代

我们家发生过很多类似的故事,只要碰上有困难的人,哪怕别人不来求助,我的父母也不可能袖手旁观。哪怕会给自己带来巨大的麻烦和负担,他们也仍然会帮助别人。最有意思的是,他们并不觉得自己伟大,也不觉得自己善良,他们觉得本来就该这么做,不这么做才不正常。所以,帮助别人就成了我们家的传统,父母将它传给了我,我又将它传给了儿子和学生们。

除了善良,母亲还有一个非常明显的特点,就是勤劳。母亲非常勤劳。在我儿时的记忆中,母亲每天一大早就会下地干活,出门前总会叮嘱我做早饭,因为我是老大。可那时我很小,还很贪睡,常常是母亲回来了我都没有起床。每到这个时候,母亲就会掀开被子,在我屁股上狠狠地打上几下。那时,父母要养活七口人,我们家的工分就根本不够用。为了多挣一些工分,母亲可以整晚不睡觉,干好几个人的活。比如,秋收时,一般人一天能割上五分麦子,有十分工,一毛几分钱,母亲却会干上一个昼夜,割上一亩五分地,挣三倍的工分。在我的印象里,母亲就像铁打的一样,完成一天的工作之后,她往往累得连衣服都顾不上脱,就瘫在床上睡着了,可第二天一大早,她又会精神抖擞地爬起来,继续拼了命地干活。

　　直到今天,母亲还在地里劳动,身体也很好。她七十多岁了,还能扛着一百斤的东西上楼。我经常劝她不要种地了,她种地能挣多少钱,我直接给她多少钱,可她不愿意。还在武威的时候,我想把她接到身边,让她跟我们一起住,她也不愿意。她只想像以前那样活着,因为她已经习惯了。

　　移居广东之后,我曾把她请到广东的家里,想叫她享享福,她却觉得自己像是在坐牢,没住几天,就硬三霸四地回了老家。有一年我回家,正赶上丰收的季节,咱家的院里也秋意正浓。妈种了很多菜,地里还结了十几个南瓜,每个足有四五十斤重,为院落增添了许多丰盛,也惹出了妈一脸的笑。那时,我才知道,妈只要有吃的、有住的,还有属于自己的三分地,就很满足了,这就是她的快乐。

5. 童话

　　小时候,我们家很困难,只有一间小屋,一间厨房,一张炕,一床破被——是的,我们家里有七口人,但只有一床破被。按常理来看,一床被子是绝对不够七个人遮身的,所

第一章　娃娃时代

以,每天晚上,我们全家人都不得不排成扇形睡觉——有时也会一顺一倒地睡——但不管怎么组合,每个人都只能勉强扯来一点遮身的布缕。那时节,我常会半夜冻醒,然后睁眼一看,才发现自己半个身子露在外面,但也没有任何办法。

夏天当然没啥,冬天就很难熬了,因为武威的冬天很冷,有时只有零下二三十度,家里的那床破被根本派不上什么用场。母亲就扫来一些落叶,晒些牛粪,用来烧炕。那时节,一到晚上睡觉,我就像走进了冰与火的世界——上身冰凉似覆冰,半夜常冻醒,下身却像躺在火上。许多个夜里,母亲总会大呼小叫地叫醒我,原来烧红的炕面子点燃了苤苤席子。后来,席子上就布满了黑洞。那黑洞之大小,刚好能容下一个屁股,怕被苤苤硌疼的我,总会将屁股塞入洞中。怪的是,总能引燃席子的火炕,却从来没有烫伤过我。

除了饥饿之外,这是我印象最深的童年遭遇。那么多年过去了,如今我想起一些细节,仍会觉得仿佛就在昨天。不过,对我们这些孩子来说,这些遭遇都算不上苦难,因为大家都这样。当大家都这样的时候,你就会觉得生活就该这样,没有别的什么想法。可见,所有痛苦都是超出现实的渴望带来的。如果知足，无论现状如何，人都不会觉得痛苦。所以，在我的记忆中童年不苦，它反而是充满了童话色彩，非常温馨愉快的。

那时节，我总是很好奇，爱幻想，也总会相信一些大人们不相信的东西。比如，有个蹲在墙头的大人告诉我，他要上天摘星星，我信了，还幻想着有一天自己也能上天，也能摘星星；听过《西游记》的故事之后，我开始向往孙悟空，于是就在口袋里装满写了"筋斗云"的木片，幻想着自己像孙悟空踩着筋斗云那样，踩着这些木片飞上天空；我还曾经往墙根的大洞里灌了很多水，因为想看看能冲出啥，结果冲出一只硕大无比的虫子，把自己给吓了一跳；帮父亲放马时，我常坐在马背上，望着天上的云朵，幻想天上的事情……我的童年里充满了类似的故事，非常浪漫，也很开心。跟大自然在一起的日子，温馨得就像是一首歌，哪怕穷了点，拥有的物质的东西少了点，好像也没啥，因为，除了御寒的衣物和果腹的食物，小小的我似乎并不缺啥。

那个年代没有太多作业，也没有太多娱乐，更没有各种电子游戏，所以，一有时间，我就会亲近大自然，在大自然的怀抱中放飞想象力，或是听老人们讲一些民间故事和神话

第一章　娃娃时代

传说。

那时节,最受孩子们欢迎的故事,是唐僧取经,神通广大的孙悟空是所有孩子的偶像。我也崇拜孙悟空,当时我最希望实现的梦想之一,就是像孙悟空那样,一个筋斗翻到天上去,看看白云后面的世界。同村的堂哥给我讲了这个故事之后,我的心里就种下了这样一颗梦想的种子。虽然它至今都没有开花结果,但是它给了我开发想象力的契机,让小小的我有了一种幻想的快乐——当然,成为作家之后,我有了坐飞机的机会,才发现白云背后其实没有太多的故事,于是我只能将希望寄托于浩瀚的宇宙了。

听唐僧取经的故事时,我还不知道世界上有一本书叫《西游记》,我的堂哥也不是从书上看到那故事的,而是从别人那儿听到那故事的。至于那个"别人"又是如何知道这个故事的,我无从得知,但我几乎可以肯定,他不是从书中知道的,因为我们那儿没有这样的书——偌大的村子,竟然找不到多少可读的书,实在让人感到苍凉和悲哀。幸好那个时代村子里有贤孝,通过贤孝艺人的歌声,孩子们知道了很多历史故事和传奇故事,也隐隐约约地触摸到了外面的世界,我就是在贤孝的歌声中长大的。

我也喜欢听行侠仗义的故事，在小小的我心里，行侠仗义的侠客和保护唐僧去西天取经的孙悟空一样，也是我的向往。我最大的愿望，就是成为他们，做一些了不起的事情。当时，我心里最了不起的事情，就是路见不平拔刀相助，这个梦想，一直延续到我的青年时代。所以，那时节我总会做一些侠客梦，也总会将梦想付诸行为，帮助一些被人欺负的孩子。

我从小就不是空想主义者，每当我产生向往，总是会马上就开始行动，从不拖拉犹豫。而且我很少有纠结，每次反省自己，发现了不当之处，就会马上改正。哪怕一下子还改不过来，我也会不断尝试，直到自己改正了为止。我永远不会把事情拖到看不见的未来。就算别人觉得我的梦想非常荒谬，没可能实现，我也不会在乎，更不会因为别人的态度放弃自己的梦想或向往。这或许源于我个性中的自信和强悍，但更重要的，是一种清醒的眼光。我清清楚楚地看到了自己的未来，因此能当机立断地做出各种选择。这一性格特征，影响了我的一生，让我始终在向上，也始终在成长。

最令大人们啼笑皆非的是，我不但相信自己可以通过修炼成为侠客，甚至相信自己可以通过修炼成为孙悟空——这就是我练武的缘起——当然,我忽略了基因问题,猴子的基因跟人是不一样的。不过,又有哪个孩子在做梦的时候会想到基因呢?孩子的本分不是合乎逻辑,而是做梦、追梦,如果没有做过梦、追过梦,孩子就谈不上童年——也许我不该说得这么绝对,但我至少可以肯定,没有梦的童年,定然是不完整的。

6. 瞎仙

因为贫穷,也因为村子里没多少书,我童年时很少有书可读,只能从贤孝中汲取营养。看过我的小说《大漠祭》的人都知道,贤孝是西部的一种传统弹唱艺术,其表演形式主要是由盲艺人怀抱三弦子,边弹边唱,或散文叙述,或韵文抒情,有点像苏州评弹。但无论其内容还是曲调,凉州贤孝都自成一家。有时,也会由多人弹唱贤孝中的片段,这时就叫杂调。演唱贤孝的盲艺人,人们一般称之为瞎仙或瞎贤,前者夸其能为,后者敬其德行。可见人们对贤孝的评价之高。

凉州贤孝在过去的武威确实有很大的影响力,它几乎是所有武威人的启蒙教材。贤孝的文化含金量也的确很大，虽然最初只是盲艺人借以生存乞食的手段，但经过历史的积累和沉淀，贤孝日渐丰富博大，浩如烟海，已经成了文化活化石那样的存在。而且，贤孝中有一种悲天悯人的利众精神，和一种遍及芸芸众生的大爱。这种精神内涵非常独特。我之所以那么喜欢贤孝，这就是主要原因之一。熟悉贤孝的朋友还会发现，只要他愿意，我的所有作品都能变成贤孝的唱词，用贤孝的方式来演唱。

贤孝听起来简单，却不是任何人都能唱好的。它的那种韵味，是从演唱者的灵魂深处散发出来的。演唱者的心灵假如过于浮躁，不能跟贤孝唱词真正地共鸣，他唱出的贤孝就没有灵魂，不会打动别人——当然，浮躁的人也不会选择贤孝，因为贤孝不像流行歌曲那么受欢迎，唱贤孝是挣不了钱的，绝大多数唱贤孝的人，都是真的读懂了贤孝，真的爱贤孝——因此，贤孝艺人多是盲人。盲人看不到花花世界，也看不到诸多的浮华，更能无视喧嚣，用灵魂吟唱。在我眼中，他们远远超过了很多所谓的知识分子，因为他们的文化底蕴更深，也有更深的情怀。

贤孝虽然是瞎仙借以乞食的手段，但瞎仙从不觉得自

第一章 娃娃时代

己的演唱是在讨钱,他们认为自己是善文化的载体,他们的演唱是在传播善文化,这份使命感让他们少了一份自卑,多了一份自信和坦然。而他们的胸膛中,也总是跳动着一颗火热赤忱的心。瞎仙们最打动我的,正是这样的一颗心。

小时候,爹总在农闲时请来瞎贤,让他们给大家唱贤孝。常来我家演唱的瞎贤中有个叫贾福山的人,他曾经是我的邻居。我们很熟悉,我对他的感情也很深。于是,我在创作小说处女作《长烟落日处》的时候,就以他为原型,塑造了一个叫贾福仙的人物。我把贾福山的很多故事都赋予了这个人物,权当是为贾福山留下一点活过的证据。

我的很多小说中都谈到了贤孝或瞎仙,比如《长烟落日处》《大漠祭》《猎原》《白虎关》《野狐岭》等,对瞎仙和贤孝的描写,几乎伴随着我的整个创作生涯,其中,以《长烟落日处》的描写最为详细深刻。读完那篇小说,你不但会知道贾福山如何活着,也会知道所有瞎仙如何活着,因为贾福山的命运代表了那个群体的命运。

贾福山很穷,演唱贤孝只能勉强让他活下去,是不可能让他致富的。后来,听贤孝的人越来越少,他就一直处于"半失业"的状态,主要靠政府的低保生活。他一辈子没结婚,三十多岁时,据说有个寡妇很喜欢他,想要嫁给他,可寡妇的女儿女婿坚决不同意,那婚事就吹了。这件事对贾福山的打击很大,后来,他再也没有爱上哪个女人,也没有哪个女人爱上过他。他就一个人生活在一个黑黑的小土屋里,孤零零地过了一辈子,今年大概快要八十岁了吧。

陈亦新结婚时,我很想请他做东客——他甚至是我最想请的东客之一——可妈说,没眼睛的人,到那种场合去能干啥?看又看不到,夹菜也夹不到,这不是叫他去出丑吗?不如给他弄些好菜,叫他自个儿吃去。妈说的也有道理,所以当时我就没有请他。但每次回老家,我都会去看他,给他送点他需要的东西,也会给他点钱。给他钱的时候,我就像孝敬自己的父母,从来不觉得自己是在帮助他。在我看来,他虽眼盲,虽年老,却有一颗比谁都亮堂的心。我甚至觉得,他是我真正意义上的启蒙老师。

小时候,我没书看,只能从贤孝中学我该学的东西,所以,哪儿有贤孝,我就会往哪儿跑。当然,那时的学没有学的概念,也不知道能学到什么东西,但我就是喜欢听,喜欢唱,喜欢问,也喜欢记。我常缠着大人们问这问那,我的脑袋里总是充满了无穷的向往和好奇。因此,孔子说"三人行必有我师",我却是"人人皆为我师"。无论从什么人身上,我都会发现可学的东西,也总能利用任何时间和机会学东西。所以,跟在贾福山身边的那些年里,我学会了不少贤孝——我能唱出的那些贤孝,其实都是贾福山教给我的。当然,贾福山教我的不仅仅是贤孝,还有很多他自己的智慧和感悟。

贾福山会唱很多贤孝,有些本子,他一唱就是十几夜。他的声音嘶哑苍凉,不那么好听,但他的歌声中涌动着一种生命本有的力量,那是一种决不放弃、苦苦挣扎的力量,能打疼听他演唱者的心。这是一种非常独特的神韵,我很喜欢,也很熟悉。就算我不知道演唱者是谁,只要听他唱上一声,我也会觉出一种熟悉,然后知道是他在演唱。听他演唱的时候,我的眼前总会晃动着一些在黄土地上挣扎的身影,他们都像我的父亲和母亲。

所以,每逢听到贤孝的歌声,我就会想到他;每次想到他,我总会忘了他的老,忘了他的穷,也忘了他的脏,只记得他在我小的时候来家里唱贤孝,给满屋子的乡亲们带来了巨大的快乐。我还记得,童年时的我,常跟着他哼哼唧唧地唱贤孝,很是自得其乐。

直到今天,我们的交往中仍然没有任何概念,始终是两颗火热真诚的心在碰撞。但是,当我再次见到他的时候,我发现他毕竟还是老了。贤孝也老了。

7. 弟弟

《大漠祭》中有个人物叫憨头,他的原型是我弟弟陈开禄。

在我的弟妹中,他是唯一一个走进我作品的人。其他弟妹至今仍在武威,过着他们觉得很舒坦的生活。除了血缘和亲情,他们的生活与我的生活没有什么交集。

我们之间的分水岭是什么呢?是对书的态度。我爱读书,弟弟陈开禄也爱读书,但我其他的弟妹不爱读书。因为只爱读书,我走上了一条跟父辈和弟妹们不一样的路。

如果弟弟陈开禄还活着,他的路又会怎么样?我不知道。

陈开禄是我的大弟弟,比我小一岁,他也喜欢读书,但为了让我能继续上学,他初中就辍学了,到工厂里去打工,直到后来得病去世,也没有过上自己想过的日子。

第一章　娃娃时代

陈亦新结婚的时候,我特别想念弟弟,因为他活着时非常关心陈亦新,老给陈亦新买小玩具,老是把陈亦新扛在肩膀上。他对陈亦新,比我这个做爸爸的还要好。要是他还活着,能见到陈亦新长大成人,还能见到陈亦新结婚,他该多高兴啊!当然,如果他能见到自己的儿子现在的样子,也会很开心的。因为,他死时,陈建新只有一个月大,现在陈建新却已经是个大人了。陈亦新结婚时,陈建新是东家,而且还在文化传播方面承担了很多重要工作。若是陈开禄在天有灵,定然会非常欣慰的。

我和陈开禄的感情特别好,虽说他是弟弟,我是哥哥,但他一直很照顾我。我在武威市教委工作的那几年,他仍在原武威金属厂做合同工,我们都在武威城里工作。他是铸工,专门负责铸炉子,一般是早上做模具,下午就端了铁水,往那模具里浇,很是辛苦。每逢下班,他的衣服都叫汗水给浸透了。但我刚到教委时,他仍然把我叫去他们宿舍,他给我做饭吃。因为我当时一个人在城里,老婆孩子不在身边,而且我不会做饭,他怕我在饮食上为难自己。我答应了,于是每天中午和下午下班后,我都会去金属厂吃饭。有时,我忘了时间,迟上个把小时,他就把煤油炉的火苗儿拧得很小,一直等着我,我一到,他就拧大火苗,给我下面条。

现在想起那画面,我的心里还是会觉得特别温暖。

有时,我还会想起很小的时候跟他一起去抬水的事。当年的小孩子,今天已是五十多岁的中老年人了,而他,竟已去世了二十多年。几十年的岁月,仿佛只在眨眼之间。

我们住的村子有井水,所以叫井水地。距离我们稍远些的没井的地方叫山水地,靠天吃饭——他们吃的水,是山上流下来的雨水。每逢下雨,山上就挂着一道一道的水流,它们会一直往地势较低的地方流去,最后汇入低洼处,形成村民们所说的"涝坝"。我在《白虎关》中写过它。

我有亲戚住在山水地,小时候,我们去他们家串门时,常喝那涝坝水。至今我仍记得,那水里有一股浓浓的土腥味,很不好喝,相对来说,我们家那边的吃水要好一些,毕竟是井水。

小时候,我和弟弟每天必做的一件事,就是到附近的井里抬水。那口井,我记得很深,我跟弟弟使上吃奶的力气,才能将桶子抬上通往井口的大坡。那时节,我们兄弟两人抬着一个大铁桶,那铁桶总是漏水,地面上总是淋漓着一线长长的水迹。两个瘦小的孩子摇摇晃晃,抬着自己眼中山

第一章　娃娃时代

一样重的水桶,走几步,就必须缓一缓,肩膀也老是被很重的青冈木扁担压得死疼。有时,水桶也会滑下来,就会砸到后面的我,浇我一身泥水。夏天倒没啥,冬天要是来上这么一下,我就得在炕上待许久,因为我只有一套棉衣棉裤,那时又没有内衣,虽然穿了棉衣棉裤,但寒风总会灌进衣服里,还是很冷。大人好些,能弄个系腰,将棉衣的下摆扎住,就会暖和很多,可我们小孩子是没这待遇的。要是棉衣棉裤都湿了,就更冷了,简直像是掉进了冰窟那么冷。所以,我只能等着棉衣棉裤被烤干,然后才能出去做其他事情。于是,我就老和弟弟争吵,要求把水桶放到扁担中间,而弟弟则老是要求那水桶尽量靠近我这边,也就是靠后一点,因为我高一些,一般都走在后面。我没办法,就老是骗他——刚开始让水桶靠后一点,待他抬起水桶,往前走时,我就把水桶悄悄移到中间。

我之所以骗弟弟,是因为我力不从心。弟弟从小就很能干农活,我却从小就怕干农活,也干不动活儿。我的干不动活儿,是村里有名的。我怕见太阳。自从有了记忆,我就有两个细节,一直忘不掉:一是,我还是婴儿时,有人将我抱到太阳下,我突然就觉得头昏了;其二,有人第一次喂我肉时,我的头也一下子昏了。我说的昏,是有一种奇怪的力量涌向头顶,质感很强。所以,我小时候是不喜欢吃肉的,后来才渐渐开始吃肉。但是,在太阳下待久了,我仍会头昏,会流鼻血。所以,村里人都骂我是"白肋巴",也就是不常在太阳下干活的懒汉,肋巴——凉州人管肋条叫肋巴——都没有晒黑。弟弟也老骂我是"白肋巴"。其实我不懒,我只是干不动活。现在想想,幸好我喜欢读书,也走出了农村,如果我这种干不动活儿的人做了农民,这辈子真会百无一用的。

陈开禄也爱读书,他在原武威金属厂上班的时候,他的床头总有一些没皮儿的破书,大多是杂志,早叫他翻烂了。我还看过他去新疆前写的几篇日记。那时他结婚刚一年,刚生下女儿,但为了生活,他不得不离开妻女,去新疆打工。因为暂时没有得到新疆那边的消息,他就在山丹小城里百无聊赖地等着。等待的时候,他就写下了这些日记:"太阳照着山丹小城,城里人都各忙各的,我却要离开生下不足一个月的女儿,到新疆去谋生计了。"他的文字虽然淡淡的,明显没有经过训练,却有一种东西在打动着我。我发现,陈开禄要是有时间训练,是能写出好东西的,可惜他每天都要干很多很苦的活儿。

　　后来,他想找一个轻省些的工作,病魔却已经找到了他。再后来发生的事情,就像《大漠祭》里写的一样,包括灵官陪憨头去逛文庙的那个细节。陈开禄临死前,也叫我陪着去了一趟文庙,那时的许多细节,还有他的表情,我一辈子都不会忘记。如果我能早些写出《大漠祭》,早些做了专业作家,有稿费和工资,有能力帮他,或许他的命运就会不一样。可当我有了帮他的能力时,他却已不在了,留给我的只有这些记忆。而且,我之所以能写出《大漠祭》,也跟他的死有关系。要不是他的死亡打碎了我的很多执着,让我把一切都放下了,我什么时候才能实现文学上的彻悟,什么时候才能写出《大漠祭》,还是一个未知数。想不到,他小时候成全了我的学业,长大后又成就了我的事业。或许,他也是我的贵人。但我多么希望我也是他的贵人啊。可惜人生是没有如果的。所幸,陈开禄死时也像憨头那样,非常安详,没什么牵挂,这是最令我欣慰的事情。

8. 怪孩子

我的天性中，喜欢恶作剧。

我的脑子里总是充满跟别的孩子不一样的想法，精力也极为旺盛。小学课程对我没啥难度，那点儿东西，开学不到一周，就全到我脑子里了，于是，我就总想做点天马行空的事情，让自己多余的精力有处安放。这时，我就会显得非常古怪，还会经常给大人带来麻烦，容易让那些活在规矩里，对我束手无策的大人们火冒三丈。

人精力旺盛又百无聊赖时，为啥总想恶作剧？这一点我也说不清，或许这就是人的天性。人天生喜欢做有趣的事情，不喜欢受到束缚，也不喜欢循规蹈矩。再加上孩子没有道德观的概念，也不去考虑别人会有什么样的感受，所以，孩子总会做出大人做不出的事情，也总会说出大人说不出的话。如果一个孩子很小就懂得尊重别人，懂得在乎别人的感受，原因可能有三点：第一，他很早熟，也很内向，天性中喜欢活在自己的世界里，考虑一些心内的事情；第二，他很小就遭遇了太多的苦难，过早地明白了这个世界；第三,他生长在一个充满了约束的环境里,从小就被教养之类的概念给束缚了,很少做越矩的事情,这样的孩子,虽然不会给大人带来任何麻烦,也容易讨大人的喜欢,却不可爱。所以,过早懂事的孩子,总会让我觉得有点心疼。

我也不知道自己小时候可不可爱,但我总是越矩,总是不按常理出牌。

有一次,我把教室门拆了下来,拴到房梁上,然后躺在上面睡觉。老师们当然发现不了,就急得到处找,一方面找门板,另一方面也找我。直到同学们忍俊不禁,哄堂大笑时,老师才终于发现房梁上的门板,还有正在门板上睡觉的我。但老师没有惩罚我,而是非常无奈地接受了。因为,那时节正反对师道尊严,学生时不时就会跟老师较劲,老师也就习惯了。不过,跟老师较劲对同学们并没有好处,绝大部分跟老师较劲的同学,最后都当了农民。

当然,这不能完全归咎于学生的调皮,跟当时的师资水平也有很大的关系。那时节,我们老家那边的师资水平非常有限,很多老师都不是从师范学院里毕业的,是民办教师,没有经过正规的训练。我上学那会儿,有些老师——甚至校长——一张口就是错别字,我若是不高兴了,就会公开纠正他们的错别字,整治整治他们。因此,很多老师刚开始都想管我,后来却都不敢管我了,包括校长,因为他们都怕在全校师生面前丢脸。我当然可以给他们面子,放他们一马,让他们不丢脸,但他们连自己教授的知识都弄不懂,怎么可能教出好的学生呢?

这种情况最直接的后果,就是学生们上了几年学,却学不到什么东西。所以,在当时那个年代,我们那儿上学的孩子很多,像我那样考上高中的,却寥寥无几。有些人连小学、初中都没读完,就辍学了,回家务农,娶妻生子,一辈子守着土地。我考上中专那年,整个公社里没有第二个人能考上学。到了我弟弟妹妹读书的时候,我们那儿仍然是这样,所以我的弟妹也没有考上学。

同一个家庭、同一类学校里出来的孩子,哥哥能考上,能走出农村,弟弟妹妹却不行,这里面定然有着某种规律性的东西。我想告诉大家:如果不能选择环境,就不要在乎环境。环境怎么样都不要紧,哪怕极其恶劣,也不要束手就擒,要积极进取,也要掌握方法,更要明白进取的方向是什么。如果天时地利人和都有了,超越环境,掌握未来,就是必然的事情。

第一章 娃娃时代

继续说我小时候的故事。

我小时候真是一个顽童,无论上学前还是上学后,我都非常喜欢恶作剧。过去,我曾经伙同另外的一些娃娃,捉弄同村的一个瘸子。我们给那瘸子起了个外号,叫他"瘸拐大",他也是《西夏咒》中瘸拐大的原型之一。不过,他只是提供了一个形象,很多细节,都跟他没有任何关系。

在我的娃娃时代,他跟一个叫马二的老头一起,守着大队里的果园。那果园,本来是地主家的,合作社时期成了大队的财产。于是,我们这些娃娃们就天天想着怎么去偷园子里的果子吃,他就天天呵斥我们这些捣蛋鬼。但我们从来没有怕过,还老是寻他开心,反正闲着也是闲着。

对于那段天真无邪的岁月,《西夏咒》有如是记录:

  一见他,娃儿们就叫:"瘸拐大!瘸拐大!"因为瘸拐大辈分大,娃儿们才尊他为"大"。"大"是叔叔的意思。结大、瘸拐大都是叔叔辈的族人。那时,瘸拐大就成了金刚家娃儿最大的乐趣。无聊的时候,娃儿们就一窝风去瘸拐大家。他们先是屏息,要是见瘸拐大在家,他们就会齐了声喊:"瘸拐大!瘸拐大!"那瘸拐大就会一俯一仰地撵出来。娃儿们边喊"瘸拐大",边一溜风远去。瘸拐大是撵不上他们的,但手中的疯土块却鸟一样飞了去,在他们身后炸出无数的土星。

现在看来,瘸拐大有些可怜,但当时我们不这么认为。那时节,我们还是孩子,没有任何分别心,也没有尊重不尊重的概念。在娃娃的世界里,一切都是游戏,一切都很好玩。

所以,从本质上说,我就是一个顽童,而且我一直都是顽童,包括现在。你别看我长出了白头发、白胡子,其实我最喜欢的事情还是玩。我的写作是玩,涂鸦是玩,写字是玩,做事也是玩,环境变了,需要变了,就换一种玩法,但究其根本,我还是像孩子抟泥那样,专心致志地玩着当下的游戏。往后,我大概一直都会这样。

不过,在那么多的童年回忆中,我最后悔的便是捉弄瘸拐大。多年之后,我在河湾里遇到老了的瘸拐大,还专门向他表达了我的忏悔。我以为他已经认不出我了,没想到,他说,你不就是陈大年的儿子吗?他当然不知道,我还有一个名字叫雪漠。

每个人都在变,我也一样。几十年前,我是个普普通通的农村孩子,喜欢像别的孩子那样,捉弄一下别人,也喜欢

第一章　娃娃时代

抓点小鱼啊、青蛙啊，还会掏些小麻雀。当时，我甚至会用绳子绑住小麻雀，把它当成我的玩具。《西夏咒》就记录了我小时候如何爬到树上，如何把手伸进小麻雀的家里，如何把小麻雀给抓出来，又是如何把它给烧着吃了。麻雀肉的香味早就消失了，留下的，是罪恶。因此，我才把这件事写进了《西夏咒》。我想告诉大家，谁都有犯错的时候，最重要的是意识到罪恶，然后改过。

正是在这样的思考之中，我一步一步从当年那个天真无邪的孩子，变成了今天的雪漠。

后来，我总会教育自己的孩子，叫他们一定要爱护小动物，不要欺负小动物，要珍惜它们的存在，也要珍惜它们给自己的爱。

有一次，陈亦新出于善意把他养的小狗关在笼子里，小狗拼命地叫，显得非常恐惧。我就严厉地训斥了陈亦新，我说，你愿意被关在笼子里不？我的意思是，自己不愿承受的事情，就不要让别人来承受，哪怕对方是一只小狗。这就是孔子所说的"己所不欲，勿施于人"。懂事之后，我一直把这句话当成自己做人的原则，我很早就告诉自己：你可以有一颗顽童的心，不执着得失、好坏、输赢、高下，但你不能伤害别人，更不能把伤害别人当成游戏，让自己开心——哪怕对方不是人，而是小动物，也不行。这就是小时候的经历让我产生的感悟。

自我懂事开始，很多过去让我觉得非常开心的恶作剧，日后都成了我脸红、羞愧的理由。我一直没有忘掉它们，也没有用"那时还小"来原谅自己。所以，我一直在反省自己，始终希望自己能做得更好，至今仍然如此。也是因为自省、自强和自律，我虽然做过错事，有过习气，也受到过污染，但我最终还是战胜了自己。

我不知道有多少孩子能听懂我的话。

在很多人眼里，我从小就是个怪人，大家都觉得我非常奇怪：习惯怪，想法怪，处事方式更怪。如果我像十八九岁给亲戚写绝交信那样，面对我身边的人，不知道有多少人还能容忍我，还能站在我的身边。不过，我并不觉得那种做法就是错的。因为不同时期需要不同的做法，现在不用这样做，不代表过去就不该这样做。现在适合的做法，也不代表过去就能带来好的结果。这个世界上其实没有绝对的对错，任何事情都需要具体地分析，因为，一个条件变了，一切就变了。没有什么是永远不变的。

第一章　娃娃时代

当然，我的生命中有一个东西始终没有变过，那就是我的坚持。无论面对什么样的境遇，我都从来没有放弃过自己的坚持，始终没有向相反的力量妥协过。这是我身上最怪的一种品质。从小到大，不明白我为啥这么坚持的人有很多，也有很多人想要打碎我的坚持，想要改变我，他们老是找我谈话，老是教育我，可我从来没有改变过。

我觉得，人的一生中，有很多东西都可以变，但有些东西是万万不能改变的。如果连这个东西也变了，这辈子就会像扯断绳子的风筝那样，四处漂泊，没办法决定自己在哪里落脚。我不希望这样活。

除了精力旺盛，曾经喜欢恶作剧，却始终能自省、自律、自强之外，我还有一个独特之处，就是我天生有着很好的专注力，从小就很容易入静，不像别的孩子那样坐不住，我甚至很喜欢静坐，经常像老僧那样入定。很有意思的是，小时候，我早起穿衣服时，总会突然像是中了定身咒那样，一动不动——这不是我造作出来的，而是不知不觉中发生的。如果妈妈不告诉我，我可能一辈子都不知道自己还会这样。那时节，我妈妈真是被吓到了，因为我的手还悬在半空中，衣服还没穿完，人突然就呆住了，一动不动。她不知道我是怎么了,每次一见我那样,她心里就会发慌,怕我得了怪病。幸好我一直很健康,虽然也有过一些小病小痛,例如肠胃炎啥的,但影响不大,妈妈也就放下心来了。

我喜欢幻想,脑子里充满了好玩的想法,而且很调皮,但我又容易静下心来,无论做什么事,都很专注,这一点很有意思,看起来也很矛盾。所以,人有很多面,如果你只知道其中一面,就对某人形成一种判断,就说明你有些武断,而且不了解人性和人心。

另外一个很有趣的现象是,父母对我的"怪"有另一种理解,他们觉得我是某个伟人的转世。因为,生我的那天,母亲做了个奇怪的梦,她梦见有个大树那样高的人进了我家,然后我就出生了。母亲信佛,她有这样的想法,我不感到奇怪,但没有宗教信仰的父亲也这么想,就让我觉得非常有趣了。不过,西部就是这样,有一种非常奇怪的思维,很多西部人都坚信神秘世界的存在,也坚信这个世界上有一种比人类更伟大的神圣存在。西部大地上的很多文化,都有这种基因。

我对神秘文化的兴趣,一定程度上也源于文化土壤对我的影响,但我从不觉得自己有什么神奇或神秘,也不觉得

第一章 娃娃时代

自己是什么伟人转世。我只觉得自己是个有向往、有梦想、能坚持的人,我后来的成就也好,命运也好,都源于我的这种特质。

至于那种超于常人的专注和安静,我只把它看成一种天分。它也确实是一种很让我受益的天分。在过往的几十年里,我的情绪一直比较少,心没有太大的波动。唯一波动较大的,就是谈恋爱的那两年,但那些波动也只是一些暂时的情绪,很快就消失了,对我的影响不大。我能一辈子坚持自己想做的事情,跟这种天性中的专注和安静有很大的关系。我的心常像无云的晴空,没什么杂念,澄明如镜,有时,还能直观地看到自己的未来,因此我总是知道什么时候该怎么做,以后会怎么样,等等。这不是观想,也不是推测,而是直接看到,就像你看到一朵花、一片云那样。后来我才知道,分别心消失的时候,人类本有的智慧就会被激活。换句话说,我过去之所以总能做出正确的选择,没有被诱惑、走上歪路,正是得益于我的专注和安静。

要说我还有什么"神异",那就是记忆力出奇地好,就连一岁时得肺炎,妈抱着我连夜去医院的事我都记得,包括一些细节。

上小学前没有对比，我的好记性还不算多么明显，上小学之后，我才发现自己跟别的孩子不一样。比如，每次开学，发了新书，我就会把新书从头到尾看一遍，然后撕掉，因为我不喜欢带书上课。老师很不高兴，问我为啥上课不带书，我说我把书里的内容都背下来了，不用带书。老师不相信，觉得我不可能背下整本书，我就当场背了一遍。老师看我没说谎，只好算了。还有一次，我要表演一个叫《奇袭白虎团》的快板，那快板词很长，有几万字，我一个下午就背完了。这样的例子太多了，所以，当时有很多乡亲都觉得我是神童。十八九岁时，还有专家专门测过我的记忆力，让我背了很多不相干的数字，结果发现，我的记忆力远远超过了很多天才。

可惜我的好记性只对文科管用，学理科的时候，我别提有多辛苦了，我花了大量时间去学数理化，高考时还专门熬夜复习，可就是学不好，没有任何办法。后来我高考失利，原因就在于偏科。当时我就发现，原来记忆力也是有选择的。

工作之后，有选择的记忆让我闹出了很多笑话。比如，有一天一位朋友来宿舍里看我，我跟他聊了一会儿，忽然想

第一章　娃娃时代

上厕所,就出去了,结果刚上完厕所就忘了有朋友在等我,直接跑出去看书了。朋友等了我半天,见我没有回来,只好回去。第二天我突然想起这件事,觉得有空时必须找这位朋友道歉,可一做别的,我又把这件事给忘了。第三天我又想起来,就再也不想拖了,因为一拖肯定又会忘掉,于是马上去找朋友道歉。见面时朋友笑着说,没关系,你经常这样,我已经习惯了。

他说得没错,我虽然记性很好,但生活中总会出现一些叫人哭笑不得的事情。当然,我不是故意的,我只是心里一直很宁静,没什么杂念,事情发生之后我马上就忘掉了,也不觉得发生过什么。但写文章不能这样,于是,我读中专时就给自己定下了任务:每天都必须写日记,日记里必须有联想。所以,许多时候,我日记里的内容并不是我真实的生活状态,而是我为了训练自己,主动地、有意地想象,甚至杜撰出来的,包括十八岁之后的日记中很多对情感的叙述。现在看来,当时写的东西,多少有点为赋新词强说愁的味道,毕竟是无中生有的,但没有那时的强迫,我就不会养成写作的习惯。在忙碌而烦琐的生活中,写作的梦想就会悄无声息地远离我的生命。所以,有时的强迫是对梦想的一种保护,而不仅仅是造作。也幸好有了当时的强迫,后来我才留下了几十万字的日记。

直到三十岁时,我的记性仍然很好。有一次我跟单位的会计去银行领钱,会计填账号时,见我过来,赶紧把账号给盖上,我就笑了笑,把那串长长的数字给背了一遍,会计当时就呆住了,他想不到我只看一眼就能记住。三十岁之后,我的记性就变差了,说过啥,很快就会忘掉,因为我始终心如虚空,不著一物,万物进入我心中时,都像利剑划过水面,留不下一点痕迹。后来,我不得不重新训练自己背诵。

这一点跟我小时候太不一样了,我小时候家里常会来人,客人总会讲一些故事,我也总会认真地听,然后把故事都给记下来,复述给别人听。现在回想起来,我搜集素材的习惯,也许就是在复述人们的故事时养成的。那时,这些行为都是自然而然的,根本不需要刻意。不过,当时我也有一点讨父亲开心的心理——我还记得,每次我复述别人的故事时,爹就会憨憨地、赞许地对着我笑。我很喜欢看到父亲笑,父亲一笑,我心里就会暖洋洋的,觉得自己可以做成任何事情。在很长一段时间里,爹的笑,一直是对我最大的鼓励,也是因为他的笑,我一直都很自信。

第一章　娃娃时代

有些人以为我狂妄,其实不是,我只是自信。待人处事的时候,我的心态是非常谦虚的,因此我才能从所有人身上汲取营养,包括孩子。我没有想过别人认为我强大还是不强大,我只想让自己变得更强大。我觉得,学无止境,真正懂学习的人永远不会有学够的一天,也永远不会有学完的一天。我也觉得,只要生命还没有停止,我就会用一种更高的追求来打碎自己,让自己继续成长。这种人生态度当然也源于我的自信。

所以,虽然我们家很穷,我的童年生活不像现在的很多孩子那么富足,但我仍然觉得自己很幸运——我的父母有着很好的品质,他们给了我一种自由宽松的家庭氛围,让我能自由自信地成长,这让我一生受益。我甚至认为,父母是上天赐给我的第一份重要礼物,没有他们的鼓励和支持,就没有今天的我。

9. 小演员

上小学之后,我还加入了学校宣传队,经常参加文艺演出。那时节,全公社的学校每年都会集中会演,每次会演都像一次盛会,整个公社的人都会聚在一起,非常热闹。

最初,我没有被选进宣传队,因为没有人知道我会唱歌。我非常羡慕那些排节目的孩子,却不敢期待自己有朝一日也能上台表演。我只想做个伴唱的,也总是希望他们在找伴唱的孩子时,能注意到我。那时节,我不像现在这么自信,只要能当个伴唱的,我就已经很开心了。

上课时,有些孩子时不时地就会被叫去伴唱——当时公社里每年都有文艺比赛,每个学校都要参加,而且要排名次,学校领导很重视,因此,我们夹河小学的排名一直很靠前,老是拿第一——我就总是在期待,希望下一个就是自己。但是,在很长一段时间里,我身边的孩子一个一个地走了,又一个一个地回来了,却一直没有人叫我的名字。在我的童年记忆中,那是一段漫长而焦虑的等待,也是我幼小的心灵第一次如此渴盼一个东西。后来,终于有人叫我去伴唱,我的演唱才能也终于被发现了,于是,我就成了固定的伴唱者。

在我的小学生涯里,让我最受益的不是文化课,而是排节目。在那段日子里,我背下了很多快板、歌曲和相声之类的节目,天分得到了最大的发挥,形象思维能力也得到了充分的训练,这为我后来的写作打下了很好的基础。

可惜,在我记忆力最好的日子里,除了课本、贤孝和排练的节目,却再也找不到可背的内容了,也没有人告诉我该背什么,如何培养自己,如何训练写作。当然,我当时还没有训练写作的意识,甚至不知道什么是写作,什么是作家,但我已经开始写文章了。

我从小就喜欢写文章,喜欢文学,我的作文还经常被当成范文在班上朗诵。最有趣的是,我一直在不自觉地搜集素材,比如民歌和民俗资料等,还会随时背诵我听到的故事和文章,而我丝毫不知道这是一种写作的准备,也不知道自己将来会有作家的梦想。

实际上,我也不知道自己什么时候有了作家梦,我从来没有清晰地告诉过自己:"我要当作家,日后所有的行为都必须围绕这个目标",但是在不知不觉之中,我的一切行为,确实都在为这个目标做着铺垫工作,似乎本来就是这样。或许,这是因为我天性中热爱文学吧。对文学的爱,是我日后能成为作家的一个非常重要的因素。

继续说说我的"演艺生涯"。

我从伴唱变成台柱,是参加完永昌区所有学校在温台沟的大会演之后的事情。当时我虽然只是在伴唱,却引起了很多孩子的注意,演出结束后,他们围住了我,七嘴八舌地说:"这就是那个伴唱的,他一唱,就把别人都压住了。"他们的认可让我有了表演的自信,也引起了校长对我的关注,一回去,校长就把我正式选进了文艺宣传队,我也很快成了队里的台柱。所以,温台沟的那次演出,相当于我人生中的第一个转折,给我留下了很深的印象。

我还记得,那次,我们是在一个河湾里表演的,当时,那河湾里到处都是柳墩,到处都是沙枣树,几乎看不到尽头。要是迷路了,一个人恐怕是很难走出去的。出发之前,校长反复叮嘱过我们,不能乱跑,柳墩里有狼。那时节,乡下时不时就会传来有人叫狼吃了的传说,我的一位大伯也真的遇到过狼。大伯说,那狼跟了他,流着涎液,样子非常吓人。他很怕,就不停地向土地神祷告,后来才没有被狼给吃掉——当然,这是他自己的理解,至于对不对,有没有道理,我们在这里不谈。除了狼,柳墩里还有野鸡、野兔、兔鹰等动物,我后来小说中的大沙河河滩,就有它的影子。

将我正式选入宣传队的校长叫李其元,他是个很热情、很有责任心的人。他住在一间童话般的小屋里。这小屋,

第一章 娃娃时代

在学校后面,门前有很多果树,屋里还有炉炕,也就是一种连着炉子的土炕。用那炉子做饭,饭做完,炕也热了,那原理,有点像烟囱。奇妙的炉炕加上温馨的果园,就让小小的我感觉到了一种浓浓的童话色彩。

李其元校长很重视文艺活动,他不但亲自选人,还会亲自做导演。他也确实很有文艺天分,总能设计出许多新的节目。而我作为宣传队的主要演员,也总能将他的意图表现出来。任何东西,他一说,我就懂,不用他费尽心思地解释和指导,似乎我们天生就有某种默契。而且,我表演得特别用心,也特别卖力。后来,因为经常表演节目,我竟然有了小小的名气。

现在想来,这段经历还是挺有趣的,或许因为有了这样的经历,我的表达能力一直很好,没有什么障碍,在人前也不会紧张。这也算是为我后来的公开演讲做了准备。不过,我并不是有意这样安排人生的,一切都是自然而然的——或许,我们也可以反过来说:孩子很小的时候,其实家长不用刻意地为孩子安排人生,只要帮助他们培养兴趣就够了。有了兴趣,孩子自然会一门心思地去努力,不用你督促。如果你这时候为他安排一切,让他照着你的设计来过日子，他的兴趣和激情就会被你扼杀，而且他也不可能快乐。每一个孩子都有自己喜欢做的事情，他们也只有在做自己喜欢的事情时，才会死心塌地、全力以赴，并且得到快乐。所以，不要过早地设计孩子，只要在孩子需要的时候伸出援手，然后默默等待，就够了。只要种子健康，发芽开花就是迟早的事情，不用过多地担心。

10. 女人精

大约在小学二年级的时候，还发生过一件事：当时公社要组织大型活动，要求学生穿蓝衣服。我家没钱买衣服，妈就想了个办法，将她妹妹七月女送给她的一件衬衣染成了蓝色，改了一夜，才做成我能穿的衣服。

那衣服虽然合身，却只能远观，不能近看，因为衣服上都是小碎花。为了防止同学们发现这个秘密，除了必须排队的时候之外，我总是离同学们远远的，这样，他们就会以为我跟他们一样，也穿着普普通通的蓝衣服。否则，他们就会笑话我穿花衣服，叫我女人精。我们那儿的孩子就是这样。

第一章　娃娃时代

在孩子的群体里,"女人精"是一个很严重的外号。要是你爱哭,别人就会叫你女人精;要是你爱揪人掐人,别人也会骂你女人精。你一旦成了大家口中的女人精,就没有人愿意跟你一起玩了。所以,我最怕别人发现我穿着花衣服。

但是,我越是远离人群,同学们就越是关注我,想知道我为啥怪怪的。很快,大家就发现了我的秘密,于是一阵又一阵的"女人精"泼向了我。记得,第一个人指着我的花衣服叫出第一声"女人精"时,一股热血"轰"地冲上了我的大脑,我觉得脸皮子滚烫滚烫的。当时,我定然满脸通红了。这是我的毛病,每次遇到丢脸的事情,我都会脸红,在后来的很长一段时间里,我一直是这样。

我的脸红让嘲笑我的同学们觉得更加有趣,于是男同学也哄堂大笑,女同学也哄堂大笑,我顿时感到无地自容,羞愧难当,恨不得找个地缝钻进去。你想想看,一个小学二年级的孩子,怎么能受得了整个群体的嘲笑?而且,他们的笑声中,分明有着另一种歧视。对当时的我来说,这跟天塌了没什么两样。回家之后,我就脱下那身衣服,把它扔给了妈妈,从此再也没有穿过。

后来，我考上武威一中，妈妈就用蓝斜布给我做了一套新衣服，那是我当时的唯一一套衣服。听妈妈说，她是专门扯了布，去大庄子——当地人对公社所在地的一种称谓——请专业裁缝做的。不过，蓝斜布本身很普通，不是多么好的布料，不怎么牢实，那时节，比较牢实的布料是一种叫华达呢的布，但妈嫌贵。

高中的第一年，我天天穿它，即使脏了，我也只能在周六晚上洗，因为我没有替换的衣服。而且我没有洗衣粉，只是用清水搓一搓而已，也谈不上洗得多么干净。当时，我还不知道洗衣粉，后来虽然知道了，却也不舍得买。于是我就每天穿着那套蓝衣服，到了周六晚脱下来，随便洗一洗，然后晾起来，自己躲在被窝里看书。周日，那衣服要是干了，我就能穿上它，去做些别的事情；要是没干，我就只能继续躲在被窝里，等到它晒干为止。大约一年之后，衣服上的褶皱就裂开了，一撕，都听不到声音。这时，妈妈才为我换了一套新衣服。但裤子上实有或想象的无数个小洞，已经让我充满了自卑，轻易不敢在女生面前走路，更不敢主动追求任何一个女孩子，这倒是让我的心相对安静了很多。

小时候，我一直没什么衣服。记得，有一次参加学校组织的运动会，我被选上了，但没有运动服，只能朝同学借。比赛的时候因为很专心，所以没有觉出什么异样，等到比赛完之后，我才感觉到身上奇痒无比。我把衣服脱下来查看，发现衣服里藏了许多虱子，虱子们也发现自己的行踪暴露了，便疯狂地乱跑，不知道究竟想跑到哪里去。直到今天，一想起当时那情景，我还是会觉得非常有趣。

11. 舅舅

小学时，我最爱去的地方，是舅舅家。按凉州人的说法，舅舅是家里的骨头主儿，在亲戚中是最重要的。舅舅家所在的村子，距夹河大队不远，叫新泉。舅舅家是那儿的文化中心，老有人去。不过，我之所以老去舅舅家，主要是因为可以时不时地看一些闲书。

我有三个舅舅，大舅舅叫畅国福，二舅舅叫畅国权，三舅舅叫畅国喜。二舅舅畅国权人称"畅半仙"，在武威一中上高中时，曾是学校里的风云人物，后来在村里，也是少有的文化人之一；小舅舅畅国喜上到初中，后来当兵到成都，在军区《战旗报》社当过记者，复员后回到武威，曾在武威金属厂上班,也属于有头脑的人。小时候,他们在我眼中,都是近乎神灵般的人物。至于大舅舅,听大人们说,闹饥荒的时候,他饿极了,偷吃了队里的苞谷,队长发现之后,就召集全村人批斗他,同村的长辈们都打他。某个夜里,他就趁着夜色,悄悄逃出了村子,逃到新疆,在哈密铁路桥梁厂当了工人,还娶妻生子,在新疆安家立业了。据说,他的儿女很多,也都有工作,工资很高,所以他过得很是滋润。因为他离开了家乡,我们的生活没有了交集,小时候去舅舅家的时候,我只见到二舅舅畅国权和小舅舅畅国喜。

二舅舅老是看一些怪模怪样的书,每次看到,我都很是害怕,却又好奇。由于这种好奇和恐惧互相交杂的心理,我在不知不觉中记下了书中的很多东西。所以,二舅舅是我在神秘文化方面的启蒙老师。

我第一次听到"小人书"这个词,是在二舅舅家里。当时有人来找他,想借小人书,二舅舅说他没有。等那人走了之后,我问二舅舅,什么是小人书?二舅舅就拿了本连环画告诉我,这就是小人书。这是我人生中第一次知道,有一种书叫小人书。不过,我们不叫它小人书,我们叫它花娃娃书。

第一章　娃娃时代

自从在二舅舅家里见过花娃娃书，我每次去他家，一进门就会问他，舅舅，有没有花娃娃书？舅舅就会从箱子背后，或某个隐秘的地方，取出花娃娃书给我。

舅舅之所以把书藏起来，是怕村里的其他娃儿把书偷走。在我的家乡，偷书不算偷，偷书者也不算是贼。这种观念，甚至延续到了现在。有一次回凉州，我采访了一位道人，那位道人谈到两个自称弟子的人偷了他两本好书的事。他说，偷书没有错，但那两个人不是我的弟子。

不认为偷书不对，是凉州文化中很独特的地方。凉州人认为，有书就该借给别人看，如果你不借，人家就只能偷了。换句话说，如果有人偷了你的书，你不但不能怪他，也不能称之为贼，还要反省自己，看看自己是不是太小气了。

别处人可能觉得这种观念很奇怪，但它有它的道理。如果那偷书者不仅自己看，还能把书的内容传递给别人，让更多的人知道，让书能广传，那就更好了——当然，前提是这本书是好书，书中的内容对世界、对人类有好处——之所以没有人怪普罗米修斯盗火，也没有人怪杨露禅偷拳，都是这个原因。

凉州人宽容偷书者的直接结果，就是二舅舅家里老是丢书。后来,一有书,他就会藏起来,我去找他时,他才取出来给我。

二舅舅不但喜欢钻研神秘文化,也喜欢画画,他几乎画了大半生,但他的作品一直没达到艺术品的境界,只能算是一种涂鸦。舅舅画画也跟艺术家不一样,他会先在墙上打好格子,标好记号,然后在他想临摹的画上打好相应的格子和记号,这样他就能把小画复制到墙上。多年后,打格子成了二舅舅挥之不去的习惯,如果不打格子,他就觉得无从下笔。于是,他的绘画也被困在了格子里,虽然画了半辈子,却一直没有打破格子的局限,没有从格子里跳出来,一直不能自由发挥。所以,他的画画水平始终停留在那个层次,再也上不去了。虽然他画的东西远看很像,作为写实画,也很有味道,但你总会觉得里面缺了点什么。

二舅舅最爱画虎,他家的土墙总是被一只大老虎给占掉。有一次,他花了一个月的时间,好不容易将下山虎画到墙上,有人却说下山虎不好,他就将画涂掉,在同样位置又画了一只上山虎。

二舅舅就是这样一个有意思的人。

《西夏咒》里的吴和尚有两个生活原型,其中之一就是二舅舅,《大漠祭》里灵官二舅舅的原型也是他。那两个小说人物有一个共同点,就是都懂神奇的法术,这也是我的二舅舅最独特的地方。

二舅舅比我大二十多岁,一辈子研究西部的神秘文化,小时候,我最喜欢听他讲故事,我的小说中,就有了好多非常独特的文化信息,这些都是小时候二舅舅教给我的。

西部盛行神秘文化,所以,精通神秘文化的二舅舅,就一直很受村里人的敬重。村里一旦有人想知道点啥,或者生了怪病,就会找二舅舅。几十年里,我系统地学习了舅舅传承下来的许多民间文化,我想保留一种流传于中国西部,也许很快就会从世上消失的文化。

凉州有很多奇怪的现象,所以凉州人大多已见怪不怪了。《大漠祭》里求雨的细节,写的就是十多年前发生的一件说不清道不明的怪事。

1995年,凉州闹过一次大旱,长达数月,连黄河都断流了,城北的永丰乡就请了道人求雨。那天,我刚好骑车回家,路过求雨现场,就想看看人家是怎么求雨的,传统的方法,是不是真能求下雨来。到那儿时,仪式已开始了。看完仪式后,我就骑车回家了,结果,走到半路,竟真的下雨了。

是真的求下雨来了吗？还是纯属巧合？说不清。这种现象在凉州很常见，我把它看作是一种西部文化。

小时候，舅舅告诉父亲，说只要在自家院里，栽一个很高的木杆，上面安一个电灯，一入夜，就亮了那灯，这家里，就会出一个人才。我爹就锯了一棵小树，栽在院里，上面挑一盏灯。很节省的爹妈，却舍得让这灯费电。这灯，就亮了几十年。在很长的时光里，在我眼中，这灯，就是希望。

现在，那木杆，还栽在院里呢。

12. 花娃娃书

我生命中的第一本花娃娃书，其实不是在舅舅家里看到的，而是在邻村一个孩子那里看到的。我还记得，那本书叫《越南英雄阮文追》。看到那本书的时候，我才发现，世界上原来有这么好的东西，之前，我只见过课本，从来不知道课本之外的书是什么样子，因为我们村里没有书，更没有书店。直到今天，书也是村里的稀罕物，没多少人家里有书。

发现那本书之后，我就爱上了读书，为了能多看看那本

第一章 娃娃时代

书,我把妈妈给的炒麦子都给了那个孩子。但他很快又把借我的书给要了回去,这让我非常失望。

回家之后,我缠着爹爹给我买书,因为他第二天会去城里卖蒜薹。我觉得,武威城那么大,一定有买花娃娃书的地方,我很希望爹能买几本花娃娃书给我。爹答应了,但他不识字,就叫我把书名写在纸条上。我也不认识那几个字,但我记得它们怎么写,于是就按脑海里的印象写了下来,把纸条给爹。可第二天起床后,我却发现爹没拿那张纸条。看到那纸条时,我哭了许久,觉得书肯定买不上了,但爹回来时,却带回了另外的两本书,一本叫《生命线上》,一本叫《战马驰骋》。

它们是我生命中的第一批书,陪了我很多年,是我童年里最美好的财富,也是父亲关爱我的一个象征,更相当于我命运的第一个转折点。这些年来,我买的好书至少有几万册,但这两本小人书的内容,甚至包括其中的一些细节,我都记得非常清楚。我觉得,它们是父亲送给我的最珍贵的礼物。

父亲不识字,但自从我上学之后,他就一直想办法为我弄书。他赶车外出时,只要见到书,就会买下来带给我。如果买不上,他就会去找一些要好的、家里有书的朋友,从朋友那儿借书回来给我看。

在当年的那批书中,我印象最深的,是《施公案》之类的书,这种书现在看来很寻常,但当时是很难找到的。其中的一些书,还是那种很粗糙的纸张印制的,如果现在还在的话,定然能算得上是历史文物了。可惜,它们当时被列入"封建四旧",大多被烧掉了。其实,父亲找到这些书的时候,书上的很多字,我是不认识的,因为大多是繁体字。但父亲不知道,我也不想叫父亲失望,于是就硬着头皮读,半认半猜,后来竟然知道了几乎全部的内容。

当我能大致读懂这类书的内容时,另一个世界就向我打开了。它像贤孝一样,在不知不觉中渗入了我的灵魂,那种无形无相的东西给我提供了丰富的心灵滋养,让我有了一种日后能成为作家的基因。所以,爱书其实也是一种天赋。

多年来,我放弃了很多东西——年轻时喜欢弹吉他,后来放弃了;喜欢武术,三十岁后也放弃了;喜欢抽烟,后来放弃了;喜欢喝酒,后来也放弃了……任何事只要妨碍我追求梦想,或是会损害我的健康,我就会毫不犹豫地放弃。只有

第一章　娃娃时代

书,我从来没有放弃过——当然,这也是因为它对我的梦想和人生有益无害——最穷的时候,我连肚子都吃不饱,却还是要买书。所以,我家最多的就是书。如果没有书,我肯定走不出那个偏僻的乡村,也肯定实现不了我的梦想。如果没有书,我肯定比现在要孤独很多,因为,过去的我很难在现实生活中找到知音,那些大作家就是我最好的朋友和知音。在和他们的灵魂交流中,我不断地升华着自己,不断开阔着自己的胸怀和视野,也不断圆满着自己的心灵。如果没有书,我真的不能想象,现在我会在哪里,会在做些什么,是否还有梦想。

所以,对父亲到处为我找书的事,我终生感恩。后来我有能力买书时,哪怕饿着肚子,也要尽可能地买书。

上小学前,我老是摸村里娃儿的书——有时是偷偷摸摸地摸,有时会想办法巴结他们,请他们把书借给我看一看。所以,上学的头一天,我非常兴奋,虽然小学并不能让我看到太多的书——我们学校里只有教材,没有闲书——但上学能让我认识更多的汉字,这样,我就能看懂更多的书,能看的书也会越来越多。

比起村里的其他娃儿,我真算比较幸运的。因为,我可以到二舅舅家看书，爹也会到处给我找书，同一个院子的读书人——那个叫陈守生的大哥哥也有书，我可以问他借，而村里的很多娃儿却没有书看。不过，陈守生其实没借给我太多的书，他只借给我一本冰心的小说，写的是一个叫丁丁的孩子游北京城的经历。他还有两本《拍案惊奇》之类的书，可我一直没有借到——那时节，这类书也属于"四旧"，他要是借给我，叫人知道了，他就会挨斗。所以，即使我是村子里看书比较多的孩子，我能看到的书也仍然非常有限。

这就是我们那里的孩子面临的处境，在那样的环境里，想有出息，是很难的。正是因为难，很多人都放弃了希望。我跟他们不同的是，我一直没有放弃希望，身边也有帮助我的人。虽然他们的力量不大，给不了我太大的帮助，但也算是为我的黑夜挂上了几颗星星，有了星光，就有希望。

13. 快乐童年

现在的我喜欢离群索居，一个人静静地待着，但娃娃时代的我不是这样，那时节，我跟大部分孩子一样，也特别爱热闹。

第一章　娃娃时代

小时候,农村非常热闹,许多农民都会自发地组织一些比赛。虽是一种穷欢乐,但那欢乐却是真的。逢年过节,村里人都欢天喜地的,或是荡秋千,或是闹社火,或是打篮球比赛,或是听贤孝,总有一种热火朝天的味道。那时节,我最喜欢的就是荡秋千和闹社火。

每到过年,村里的大人们就会在村口拴一个很大的秋千,娃娃们就会围了秋千,谁都想先玩。秋千,是童年里最好的玩具之一,踩在上面,就像飞到了天上。越荡越高,越荡越高,心里有种奇怪的怕,却很兴奋。风的呼呼,也总能扯出娃娃们哈哈的大笑。

还有闹社火,那是凉州民间的一种传统仪式。它融合了戏曲、秧歌、鼓乐、杂耍、相声等传统表演形式,很是有趣。它在凉州,已有两千多年历史了。

社火队分为七个部分:先是春官老爷,春官是封建时代礼部的别称,负责礼仪、祭享、贡举、外交等职,因此,社火队里的春官老爷便是总领队,负责统领指挥整个社火队,这个角色一般由村里六十岁以上、德高望重的长辈担任;第二部分是鼓乐队,一般由大锣、大铙、大钹、铰子、长号、唢呐等组成,表演者按锣鼓音乐的节奏扭摆踏步,状似秧歌舞;第三部分是天公、天母；第四部分是腰鼓队和蜡花队，队前有傻公子和丑婆子领头表演，他们相对扭舞打诨，表演很是生动可笑；第五部分是和尚队，也叫大头队，模仿十八罗汉各种神态的舞蹈；第六部分是百色队，由各行各业的人组成，大约五十到八十人，扮演唐僧取经、白蛇传、桃园结义等传统戏剧故事；第七部分只有一个人，是所谓的膏药匠，这是古代凉州民间对医生的别称，他必须能即兴地现场编唱秧歌子，活跃全局气氛。

除了闹社火，我也很喜欢打场，因为全村的孩子都会参加打场，打场也很热闹。

所谓打场，就是在麦场上碾麦穗。夏天里最热的时候——一般是七八月——大人们就会把麦子收割下来，像烙煎饼一样，摊在麦场上，再让孩子们一人牵上一匹马，一匹马拖上一个石头碌子——对，就是《西夏咒》里写过的那种石头碌子，把它给竖起来，它就是擎天柱，老天爷要是发脾气，让天塌了，它能把天都给顶住。可见石头碌子有多么厉害。这是凉州的其中一个说法。

不过，这么厉害的石头碌子，在麦场上，却是用来碾麦粒子的。

第一章　娃娃时代

马拉着碌脐,碌子就跟着转,马走到哪儿,碌子就转到哪儿,所到之处,麦粒子就会从麦壳壳里钻出来,你把麦草和麦秆子都清掉,让风把麦壳子都吹走——也就是扬场——就只剩麦粒子了,打场的所有工序,也就完成了。

看过我的小说《野狐岭》的朋友,一定还记得一个情节:在某次仇杀中,有人就用这打场的法子,将许多人摊在场上,叫马拉了碌子去压——这是真事,就发生在民国时期的凉州,凉州学者王宝元曾在一部书中记录过这事。

打场其实很辛苦,因为当时很热,但可以赚工分,劳动量也不大,大人们就会叫家里的孩子去打场,自己好空出来干点别的。我小时候就很喜欢打场,因为,打场时可以跟孩子们一起玩,既热闹有趣,又可以帮帮爹妈。

每次打场,都由村里最大的孩子做头碌子,拉着马走在最前面,其他的十几个孩子牵着自己的牲口跟着走,做头碌子的孩子走到哪里,其他的孩子就压到哪里。我一般做二碌子,拉的是一匹非常聪明的青鬃马,只要前面有人带路,它就能自己走,我不用一直牵着。所以,我一旦累了,就可以偷偷地休息一下,其他孩子不行,他们一走开,马就自己跑掉了。结果,我每次休息,他们都会非常愤怒。

这类愤怒的声音,似乎成了我摆脱不了的魔咒,直到现在,它还一直伴随着我的人生。每当我的生命散发出一种光彩时,就会有人看不惯,或在背后嘀嘀咕咕,或做一些非常下作的事。可是,他们没有改变我,也没有阻止我成为雪漠。因为,我要成为谁,决定权在我,不在他们。只要我完善了人格,证得了智慧,就没有任何人能阻止我成功。当然,任何人都可以这样。只要有了智慧和定力,你想成为啥人,你就能成为啥人。

很多当代人缺乏的,就是这样一种智慧和自信,或者说一种清醒。所以,很多人最终就叫生活消解了,变成了一个个平常的社会细胞——当然这也很好——而成不了一个叫世界无法忽略的存在。

我也非常喜欢骑马,在童年的众多快乐记忆中,最让我留恋的画面之一,就是骑马。

很小的时候,爹就教我骑马。最初,他抱着我坐在马背上,我一上一下颠着,慢慢就熟悉了马背上的旋律,五六岁时,就能自己骑马了。这时,爹就开始教我放马,我放马时,他就能空出时间,做点别的事情。

村里的车队有两头骡子和两匹马,一匹枣红马,一匹青

第一章 娃娃时代

鬃马,爹可以自由支配。其中枣红马最乖,也跟我最投缘。我最美好的童年回忆之一,就是骑着它在河滩上飞奔。

我还记得,那时,我总是趴在它的背上,头枕着马屁股,望着天空。马屁股很大,马背很宽,温暖而厚实。对娃娃时代的我来说,那马背,比我家的炕舒服多了。

天上的云变化着模样,我就想:云上有啥?会不会也有一群孩子在奔跑?会不会也有一匹枣红马?孙悟空大闹的那个天宫,是不是就藏在离我最近的那片云彩背后?……我又想,如果我是孙悟空,就能一下子飞到天上,看看云上的世界了,那该多好……

每当我躺在马背上幻想,或是睡觉时,枣红马就会走得很慢。马屁股一上一下地颠簸着,我也一上一下地摇晃着,就像孩子睡在摇篮里一样,非常安心,也非常舒服。马走过水沟时,碗口大的马蹄子溅起泥水,啪啪地打在马腿上。牛虻们身前身后地跟着,时而叮我,时而咬马,马尾巴就摇来摇去地驱赶着。有时,我发现马屁股一抖一抖的,下马一看,就会见到好多牛虻正在咬马最敏感的部位。马尾巴够不着,我就把它们都给揪住,扔掉,然后爬上马背,继续睡觉。

那时节,几乎每个暑假里,在没有天光的清晨,我都会骑了枣红马,牵上一头骡子,慢慢走到河滩上,让它们吃草。当时,周围一片漆黑,很安静,只有马嚼夜草的声音。如果你在很静的时候听过那种声音,你就会知道什么叫安详。那安详,能把夜的寂寞给淹了。所以,放马时我总是很快乐。当然,我偶尔也会寂寞,尤其在天热的时候。

当时,放马的人很少,最多也就两个人,另一个孩子大多喜欢在别处放牧。没人跟我聊天,我又不知道世界上有"书"这种东西,所以,我只能一个人静静地待着,看着太阳从天边升起,朝阳的光辉染红了天上的云朵,然后天越来越亮,越来越亮,黑暗完完全全地消失了,夜的清凉也消失了,温度开始升高,阳光不再温暖,我的皮肤渐渐有了一种灼痛的感觉。这时,才到了回家的时候。

是的,那景致很美。有时,我会沉醉在幻想里,忘记了时间;有时,我会陶醉在美景里,也会忘了时间;但有时,我会忘了幻想,看不见美景,只想小屋的清凉,因为天实在太热了,又没什么可做的。这时,寂寞和炎热就会一起向我袭来,我小小的心灵就会投降。毕竟,那是我最有活力的时期,当时的我还是一个喜欢热闹的孩子。每到这种情绪上

第一章　娃娃时代

来时,我就会觉得时间被拉得老长,盼着时间能过得快些。有一次,我好不容易熬到太阳升起了老高,就拉着马和骡子回家,谁知半路遇到父亲,父亲说,你咋这么快就回来了?快回去!我只好灰溜溜地回到放牧的田野上,继续晒着高温的阳光,躺在马背上幻想。

不过,总的来说,这是我人生中非常安宁快乐的一段时光,因为没有人管我,也不用面对那么多事情,心灵可以一直跟大自然融在一起,非常自由,非常自在,还有童年最好的玩伴枣红马陪着我。

可惜,枣红马没能陪我太长的时间,后来,它为了救我父亲,牺牲了自己。

那天,爹去九条岭拉炭,到了一处陡坡,因为挂木——马车的刹车——失灵,重车推倒了把辕的枣红马。那马就用膝盖当刹车,马车才没被甩下山去,马的膝盖却被磨光了。爹就换了个骡子驾辕,把伤马拉回家。看到重伤的枣红马时,全村人都很难过,我也很伤心。我虽然庆幸它救了爹,却也不想它死。可我看着伤势过重、动弹不得的它,又无能为力。村里没人能抬得动它,大家只能任它倒在社场里。因为动不了,它没法吃草,也没法喝水,我就用脸盆端些水，淋到它嘴里。它就动动舌头，一咽一咽的，但喝不到多少水，水大多流到地上，地上泥泞一片。可是，除了这个法子，我实在不知道该怎么办，就不管它能不能喝到，都不断地往它嘴里灌水，爹也会每天给它喂些蛋清，但它还是变得越来越虚弱。一天，村里人说，这马没救了，杀了它吧，爹不同意，仍然用棒棒油抹那伤处，以防苍蝇下蛆，也想医治那马。可伤的是骨头，抹点油起不了作用，马还是在几天后死了。那时，村里人都饿着肚子，就希望能分点马肉吃，父亲不同意，我也不同意。村里人看我们老哭，就没吃马肉，把马埋到河湾里了，跟埋葬村里的老人一样。

那是我第一次发现自己的无奈。那种疼痛，也变成了我灵魂中的诗意。后来，我在《西夏的苍狼》中说，枣红马死时，我哭了很久，以后每遇到对我好的女子，我便觉得，她定然是枣红马怕我寂寞，转世来陪我的。

我一直很想念枣红马，直到今天，我仍清楚地记得那段跟它一起度过的童年。

第二章　求学时期

1. "老公鸡"

我的初中,是在洪祥公社中学上的,学校离陈儿村有两三公里远。"公社"这个词,现在有点陌生了,那里现在叫洪祥镇,在凉州城北乡,算是凉州比较好的乡镇之一。

我在洪祥中学读了两年半,文科成绩一直很好,不用咋费力,就有好成绩。但现在想来,那时学校的师资力量真的很弱,老师们给我们讲解课文时,用的都是差不多的词汇,比如"言近意远""情景交融""中心突出"等等,都是些套话。教我们写作文的时候,讲的也是一些模式化的东西。这种教学方式的直接后果,就是学生们写出的作文都像一个人写的,大家都说差不多的话,文章结构和中心思想也差不多。如果你把同一个班上所有人的作文都拿来对比,就会发现这个问题。有趣的是,当年的老师们却没有发现这个问题——也许他们发现了,却不在意,因为他们不重视想象力和创造力的培养,也可能是他们本身就缺乏这两种能力。不过,我还发现了另一个很有意思的现象:很多平时缺乏想象力和创造力的人,到了骂人的时候,却会突然具备这两种能力,不知道是什么原因。

比如,有一次班里上劳动课,班主任贾老师叫我把家里的架子车拉来上课——所谓的架子车,是凉州人常用的一种农家车,由一个一米多长的车厢和两个轮子组成,能装比较多的东西。那时节,我家连小推车都没有,何况架子车?于是我就如实告诉班主任,说我们家没有架子车。但班主任不信,因为我长得白白净净的,还穿着条绒衣服,一点也不像穷人家的孩子。他说,你连条绒衣裳都穿得起,会没有架子车?我说,我的衣服是用别人穿过的旧衣服改的,但他还是不信,觉得我在跟他作对。因为这事,他一直对我非常反感,大约有一年多的时间,他一上课就会对着我指桑骂槐。至今,我仍记得他骂我时的表情:咬着牙,狰狞着脸,从牙缝里挤出话来。任何人都很难想象,这是一个初中老师在骂他的学生,而且这个学生并没有犯错。

　　班主任当时骂我的话不多,也就那么几句,但非常形象生动,也很有想象力,其中出现频率最高的,是"鸽娃脑袋夯上""老公鸡不叫了小公鸡叫"等。凉州人骂人真是一流的,跟他们吵架的时候,你会听到很多非常经典的表述。当然,对一个十岁出头的孩子来说,这些话有些重了,很伤自尊。当时我根本忍受不了,何况他不是只骂一次,而是骂了一年多。那时节,我很不理解他为啥总爱骂我,渐渐地,他就成了我生命里的一个噩梦,我很怕他。这种状态持续了很长一段时间。有时,因为对他的恐惧,我也会觉得学校很可怕,产生不想再去上学的念头,但我后来还是去上学了。为什么?因为我爱读书。对读书的爱,远远超过了对辱骂的恐惧。那时,我还不知道一切都会过去,无论多么可怕的辱骂,都会在不知不觉中消失,但即便我不明白,一切也还是消失了。多年后,我再想起班主任当年说过的那些话时,再也不觉得可怕或屈辱了,反而觉得非常有趣,甚至有点佩服他,因为我肯定骂不出这样的话。

我解释一下那几句话是什么意思。

首先是"鸽娃脑袋夆上"。鸽娃脑袋不用解释,大家都明白。之所以班主任说我是鸽娃脑袋,是因为我当时非常瘦小,头也不大,如果我的头很大,他就会骂我是猪脑袋。可见,当年我是有些营养不良的。"夆上"是头抬得高高的,用来形容一个人非常骄傲。连起来说,就是鸽娃那么大的脑袋高高抬着,你想象一下,那是一幅怎样的画面?是不是很有意思?所以,虽然不好听,但它非常有趣味性,也很生动。

这词的意思就是不谦虚,太骄傲,过于不可一世。可见,我当时的不谦虚非常扎眼,让班主任很是反感,又印象深刻。当他记恨我,想要骂我,又找不到我有什么品质上的毛病时,就只能从外貌上来丑化我,表达自己对我的一种态度。

其实,我也知道自己自我感觉良好,但我只觉得它是我的一种自信,从不觉得这是一个毛病。人自信一点是没有错的,只是我不该把这种自信表露出来,一旦表露出来,就成了"鸽娃脑袋夆上",绝对不会有例外。所以,现在回想起来,班主任当初那样骂我,也是可以理解的——也许我的态度早就刺伤他了,让他觉得很不舒服,因此才会这样对我。

"老公鸡不叫小公鸡叫"也很简单,就是这个人不说话,轮到那个人说话了。但最有趣的不是字面意思,而是它背后的故事,以及说这句话的人所表达的一种态度。

我读初中的时候,中学里经常开会,每次我们学校开会,班主任就会让我发言。但我往往不走寻常路,总会在发言之前写一篇很长的发言稿,阐述自己的一些想法。正是在那个时候,我的写作天分慢慢地体现出来了,我也尝到了写作的乐趣。

我天生就有一种独特的眼光,总能看到大家看不到的东西,也总会留意大家不关注的细节和现象,总会当面说一些别人只会背后嘀咕的话,也总是想一些大家不去想的问题。所以,我的发言总是透着一种独立、独特的思想和个性,内容也往往是批判性的——当时我才十岁出头,却从来没写过小情调、小情感的东西,始终关注生活、做人、理想和意义等主题,这一点非常奇怪——总会让老师和一些学生感到不随喜,甚至不舒服。

老师们不喜欢我,是因为我不听他们的话,也不说他们爱听的话;一些同学不喜欢我,是觉得我太骄傲。实际上我不是骄傲,我只是在说自己的真心话,在表达自己真正想表达的东西,而不愿改变自己,迎合别人。

我身边的人,大多被固有思维捆得牢牢的,一方面不接纳不一样的观点,哪怕那观点显然是正确的,另一方面也想同化和改变持不同观点的人,让后者不要发出不一样的声音。所以,他们总是看不惯我,总想改变我,总想让我失去个性,变成他们,变成一个模式化的人。可不管他们怎么修理我,我都一直坚持自己,不做他们希望我成为的那个人,因此很难跟他们搞好关系。

后来,学校的会议多了批斗性质的内容,我就不想再代表班级发言了,因为我不喜欢那种味道。于是,班主任指定了新的发言人,我也从此变成了班主任口中的"老公鸡",新的发言人则是"小公鸡","老公鸡不叫小公鸡叫"。说到底,班主任还是在表达那个意思:我不听话,不服管,太骄傲。可他就是不肯直接说我骄傲,偏要说那些不好听的话来刺伤我。不过,我还是应该感谢他的,因为,从本质上看,

我幼年时与父母、外婆

◆ 这是我小时候唯一的一张照片。但那时我究竟几岁，父母已经记不清了，大家推算是一岁多的时候。照片里的外婆，据说和她真人最像，这也是她一生中唯一的一张照片。外婆去世得很早。在我的记忆中，我刚刚懂事那会，外婆肚里就长了一个疙瘩，大家想尽办法救治她，但终究没有救下。现在想来，她得的应该是癌症之类的病。

父亲和母亲

◆ 2006年5月,我回家的时候,给父母照了这张照片,这几乎是他们两人唯一的合影了,他们没有结婚照。

母亲畅兰英

◆ 这张照片是在凉州广场上照的。那时我的《大漠祭》出版了,有了稿费,她就提了个要求,说,能不能尝一尝凉州街头的那些小吃。因为她一辈子都不知道凉州的那些小吃是什么味道。于是,我带着她专程去了凉州城,品尝了那些小吃。这张照片就是吃完小吃后拍下的。

父亲和村里人聊天

◆ 父亲身边的这个村里人，在我的作品中经常出现，他叫根喜。他的父母是养父母，他很小就被领养。小时候，他的养母老是打他，实打实地打。后来，根喜结婚之后，村里人帮他分了家。同时，村里人一起出钱的出钱，出力的出力，给他盖了房子，现在他过得很好。

我和弟弟陈开禄

◆ 这是我保存下的和弟弟陈开禄的唯一合影。以前也许有过合影,但后来照片都找不到了。照这张照片的时候,弟弟正在一家金属厂上班,当合同工。那时候,他根本想不到自己的生命只剩下几年时间。我们俩都有着自己的梦想。他的梦想,也是当个作家,但后来因为繁重的劳动,他根本没有时间去写作。

我、弟弟陈开青和父母在自家院里

◆ 在我以往的作品中，我很少谈到弟弟陈开青，因为他像所有的农民一样，很不起眼。他是一个很好的厨师。在自家院里照这张照片的时候，连我们自己也觉得很新奇。在我的一生中，我和弟弟、妹妹一起照的相很少，因为我们总是忘了照相这件事情，就像父亲去世之后，我们才发现，我们没有给父亲留下任何视频。

已废弃的陈儿村小学

◆ 正是在这里我读完了小学，也度过了我的童年。现在，这所小学已经拍卖给我，我准备修建书院，这也是我曾经的一个梦想。

我在陈儿村小学的壁画前

◆ 直到今天，这个壁画仍然保存着，显示出一种历史的沧桑。

老家的老房子

◆ 这是今年（2019年）3月我回老家时拍下的照片。当时，村里的一个老太太来和我母亲聊天。她听说我要修书院，很想将来能在书院里面做些事情，如果需要人手打扫卫生之类的，希望给她留一个机会。在这个院落里面，可以看到一根很高的杆子，有三丈六尺高。这便是父亲依照舅舅的说法，竖起的那根杆子。杆子上那盏电灯，每到夜晚都会亮起来，高高地照着院子，照亮着父母的希冀，也照亮了我的梦想。

这座老房子是我十九岁那年修建的，至今已经有三十多年了。记得修这座房子的时候，家里没有钱，我向同事借了五百多块，作为建房的主要费用。

我在四十一年前获得的奖状

◆ 当时我就读于武威一中,它是省上的重点中学。我获得了全校作文竞赛高一年级第一名。这是我人生中非常重要的一张奖状,因为它让我充满了自信。在一个年级六七百人里能得第一名,也是一件很不容易的事情。直到今天,这件事还让家乡的很多人津津乐道。

洪祥镇的鸽墩

一个人的西部

◆ 鸽墩是西部独有的一道风景，在每一个村庄里，总能看到这样的鸽墩。这是专门养鸽子的地方，据说也有三丈六尺高。一般养鸽的人家都非常富有，于是它便成为家境殷实的象征。因为养鸽子、打鸽墩，是有闲钱有实力的人才能干的事。

鸽墩看起来外表严实，其实里面布满了各种各样的木杆子，鸽子会在这些杆子上垫窝。养鸽子的人，会以卖乳鸽来赚钱，乳鸽是一道诱人的美食。我们很小的时候，一只乳鸽就可以卖到十元钱，不知道现在多少钱了。

陈儿村家府祠旁边的老树

◆ 家府祠是村里人专门祭祖的地方。早先,村人在修家府祠的时候,就种了这棵树。如今,这棵树成了整个村里最大的树,有一百五十多年的树龄。曾经,有一个油巴佬 —— 就是榨油的人 —— 瞅中了这棵树,想用来当油梁,但是村里没有人敢卖这棵树,因为所有姓陈的人,都有这棵树的"股份",所以没有人敢做主,没人敢卖。

家府祠旁的羊圈

◆ 家府祠旁边的空地，如今已经被村里人修建起其他东西，羊圈就是其中之一。这是村子里面常见的景况。

我在凉州街头听贤孝

◆ 在过去，听贤孝是凉州人生活的常态，但现在，凉州街头几乎已找不到贤孝的身影，也听不到瞎贤的声音了。在凉州人的眼中，盲人要是不会唱贤孝，是很难生存的。后来，政府给了这些瞎贤们五保户待遇，有了低保之后，他们的生活过得也很好。

唱凉州贤孝的瞎贤

◆ 这张照片拍摄于凉州街头。瞎贤唱完贤孝之后,非常从容地吸着烟,像是在自我回味。

腾格里大沙漠

◆ 从陈儿村往东走，大概十多公里，就可以看到腾格里大沙漠，我们称之为沙窝。但是，早年的时候，我们很少去。有些住在村边的人，一年到头也去不了几次，因为没有小车，步行的话，对村里人来说，沙漠实在是太过遥远。

他给我的噩梦并不是噩梦,而是一种训练。经过那一年多的训练,我的生命力变得无比坚韧,再也不是最初那个脆弱的孩子了。

再后来,我们换了班主任,新的班主任虽然不像他那样辱骂我,但也会时不时地说我骄傲。"骄傲"就像标签一样,伴随我走过了整个学生时代,这说明,我做学生的时候确实不怎么低调。

很多年后,最初骂过我的老师和校长们都成了我的朋友,他们都说,当年真不该那么严格地对你。我却总会笑着告诉他们:没有你们,哪有今天的我啊?你们都是我的逆行菩萨。

我不是跟他们客气,也不是在安慰他们,我说的是真话。正是因为从小在骂声中长大,很少过轻松的日子,也很少得到大部分人的认同和随喜,我才会很早就学会忍辱。所以,无论当时我有过怎样的情绪,曾经感到多么的恐惧和压抑,我都觉得那是一段非常宝贵的经历,也是我人生中最珍贵的财富之一。

需要强调的是,我的忍辱不仅仅是忍,我真正的诀窍是:真忍辱者,无辱可忍。换句话说,所有侮辱我的语言和行为,在我看来都不是侮辱。比如,一位批评家老是著文骂我,把我和我的作品说得一文不值,但我从来没有怪他,反而一直很感谢他。有一次我们见面,他对我说,雪漠,你很有风度。我说,这不是风度,这是我的真实想法,在我眼中,你不是在批评我,你是在用另一种方式关心我,是真的为我好。他于是感叹道,雪漠真是活明白了。

当然,因为无条件地忍耐,我吃了很多世人眼中的亏,凉州各乡镇几乎都有欠我钱的人——《大漠祭》完成后,为了还债,我家开过书店——可他们不还,我也懒得去要。还有,《大漠祭》刚出来的时候,我跟两位朋友合作,把《大漠祭》改编成电视剧本,按约定,他们要给我二十万稿费,但十几年过去了,他们却一直没有兑现自己的承诺。我知道他们根本就不打算给我稿费,可我也懒得去打官司,于是,这件事就无限期地拖了下去。类似的事情还有很多。

我是因为胆小怕事才一再忍耐,不用法律手段捍卫自己的权益吗?不是的,我是不想花时间。打官司要耗费大量的时间和精力,我没时间跟他们玩这个游戏。二十万不少,但相对生命成本来说,也不多。为了很快就会花完的二十万,花费一到几年的生命,无休止地纠缠在这件事情上面,我觉得很不值得。所以,后来我开始信奉多一事不如少一事,如果有可能带来麻烦,不如一开始就不要做,除非它值得我耗费宝贵的生命。

2. 莲子

大约在初二的时候,学校来了一班新生。他们上初一,跟我们初二是一排教室。每次下课,不远的墙角处,就会有几位女生在玩耍。其中一位女生,名字中有个"莲"字,我就偷偷叫她莲子。

莲子是另一个村的,离我们村不是很远——但在那时的感觉中,还是有点远,因为那时全靠步行——她有个姑姑嫁到了我们村。在她上初中前,我就对她有好感。那时节,各大队——后来改叫村了——的学校之间,常常进行文艺比赛,我是夹河小学的文艺台柱子,她是另一个小学的文艺台柱子。我们互有好感,但从来没说过话。

她上初中时,我们就有了见面的机会。一下课,她就跟一位女孩在墙角边望我们这边,我觉得她在望我,心里总是热热的。后来,我证实了她真的在望我:一次我路过她教室,她正在擦玻璃,一见我,她的眼亮了,就定定地望我,我很害羞,快快地过去了。此后,我总是盼着下课,因为一下课,就会看到莲子。

后来,莲子进了学校的文艺宣传队,我进了学校的武术队。她当宣传队队长,我当武术队队长。学校的南面有个戏台,当她带着宣传队去戏台上排练时,我就带着武术队去那儿。我很想接近她,但我的接近方式很有意思:当他们排练时,我也带着武术队去台上训练,只几下,那踢飞的尘土就会赶走他们。本想接近,却把她赶走了,真是有趣。

那时节,学校都搞文艺活动,学校的宣传队时不时就会上台表演,莲子总是主角兼主持。她报幕时,眼睛盯的肯定是我——我那时这样认为——怪,台下有数百人,黑压压的,她为啥总是望着我报幕?后来,同学们发现了这个秘密,就开始给我起外号。一下课,他们就叫:"房子里盛开水,红莲在喝水。"我的本名叫陈开红。他们将我和莲子的名字,全放进这句话里了。我心里当然高兴,但面上,总是害羞的。谁一叫,我就假装不高兴,追上去打他。

孩子们流行一种游戏,老是将一个男孩的名字跟一个女孩对应了,编入同一句话里。比如,许建生和张秀兰好,

第二章 求学时期

孩子们就这样编:"一张绣着兰花的布,盖着许多矫健的书生。"这成了那时我们常做的游戏。

一年多的初中生活里,我一直默默地喜欢那女孩,但我们一直没说过话。每次相遇,都是她望我,我望她。她的望很大胆,老像要将人吸入灵魂深处,但我们却连招呼也没有打过一次。我甚至喜欢跟她有关的很多东西,比如她爹的自行车。那时的自行车有牌号,她爹的自行车号是032647。我一见这号码,就像见到了她,心头马上涌起一晕热来。三十多年过去了,我还记得这号码,可见我对它的印象有多深。

从初中,直到今天,我跟莲子说过的话不超过五句。我们根本算不上恋爱,甚至算不上交往,但在被班主任训个不停的那时,这成为我生命中的一缕阳光。我总是等待着下课,然后,一边玩耍,一边望墙角处的她。她也总是那样望着我。就是在那短短的课间十分钟里,望着莲子,我就能一下子忘却班主任所有的臭骂,甚至再次上课时,班主任那魔咒般的骂,我听起来也如同天籁了。那甜蜜的十分钟,化解了一个孩子心中所有的疼痛。那段时间里,我就是在甜蜜和臭骂中度过的。因为小时候尝过被臭骂的难受,所以,后来当老师时,我从来没有骂过任何一个孩子,甚至在校长狠狠地批评我之后,我也不会将那些不快的情绪发泄到孩子身上。这不是我的教养有多好,而是我实在不想让任何一个孩子受到伤害。有时候,伤了一个孩子的心灵,会伤害他一辈子,严重时,会葬送他的一生。

一年后,我考上武威一中,离开了乡下,就很少见到莲子了。每次回家的时候,看到她曾经走过的那条小路,我便能听到她的笑声,想起她望我的眼神,这成为我内心深处的一个秘密,总在滋养着我的心灵。所以,我的情感世界也是极其丰富而敏感的,只不过,我很少对外袒露自己的内心。我很珍重与他人交往时的那份真诚,这让我看透了很多浅薄和轻浮。

多年之后,我结婚了。婚后有一天,妈说,嘿,以前,某某的侄女(妈说的就是莲子)想嫁给你,我一口就回绝了。我一听,心里很难受。我说,妈,你咋不问问我?妈说,我还以为你找双职工呢。我倒不是为没娶到莲子而遗憾,我是替她难受。在乡下,女孩是不会主动向人求婚的。自古有女百家求。莲子不知鼓了多大的勇气,才叫她的姑姑向我家提亲,而我,却是在结婚多年之后,才知道这件事。所以,世上的事,有时候就是这样阴差阳错。

后来,我有很多年没有再听到莲子的消息。一次,我回家看望母亲,在公交车上,正好遇上了她。非常尴尬的是,我很想主动给她买张票,但我的身上,只有自己买票的钱。她取出钱,递给售票员,说买两张。我急忙说,谢谢,不用,我的我买吧。于是,我们各买各的票,随后,各自坐在座位上,一直到下车,没再说什么。

这是我们三十多年来唯一的一次交谈。现在回想起来,很像电影。有时候,生活比电影还精彩。不过,三十多年后,再见到莲子,我的心宁静如水,望她如望一幅画,虽也时时想到那时候的温馨,但在心中却不留一丝执着了,有的只是对她的另一种感觉。世界在我心中,已变了。面对眼前所有的人和物,我的心里只有那种浓浓的爱。

陈亦新结婚时我回凉州,也给莲子打了电话,我很想请她当我的东客,但电话通了之后,却言不由衷地问起了她的丈夫——也是我的一位老师。

我一直没有再见她。我一直不想破坏心中的那份美好。

3. 武威一中

1978年,我十五岁,那一年,我因为一篇叫《给科学家伯伯的一封信》的作文,直接从乡下被选拔到武威一中。

到武威一中上学,是我第三次进凉州城。

第一次进城时,我才两三岁,当时,我坐着父亲的皮车,跟上他一起到城里卖蒜薹。父亲当然不用我帮忙,只是我小小的心里,对凉州城充满了想象,我很想知道,凉州城到底是怎么一回事。每个孩子在迎接陌生时,都有一种莫名的兴奋,他觉得,那所在定然藏着自己所期待的一种精彩,尤其是我这样一个热爱幻想的娃娃。

那天,我坐在颠簸的皮车上,用了大半天,来勾勒自己心里的凉州城,反正闲着也是闲着。我就像电影《莫扎特传》中萨列里等待偶像莫扎特的出现那样,等待着凉州城揭开它神秘的面纱。但是,并不是每个真相都是美丽的,凉州城让我很失望,城里不怎么干净,人很少,没有我想象中那么热闹,街道、房子都很拥挤。现在城里非常繁华的地方,那时节,只是戈壁滩,因为很热,被老百姓笑称其为"晒

第二章 求学时期

驴湾",就是说,那儿能把驴都给晒死。我和父亲去凉州城卖蒜薹时,正是夏天最热的时候,我渴得实在不行,却怎么都找不到喝水的地方,最后,父亲好不容易找到一个卖冰棍的,就给我买了一根冰棍,我才终于解了渴,否则,我肯定会中暑的。而且,那根所谓的冰棍,也就是白开水调上糖,然后冻成冰,没啥稀奇的。所以,凉州城给我的第一印象并不好。

我第二次进城,已经是初中时的事了,在学校里干活时——我们那时的学生都要劳动——架子车把我的腰关节给压伤了,乡里的医院治不了,母亲就带上我,搭了便车,进城看病。当时看病很便宜,只花了几毛钱,可饭馆里吃饭要粮票,我们没有粮票,只好一直饿着肚子。所以,那次,凉州城给我的印象也不太好,只记得自己非常饿。

第三次进城,就是上高中。

知道我考上武威一中时,父母感到很骄傲、很高兴,因为整个村子里,考上的只有我一个,但另一方面,他们又很发愁,因为我家没有钱。

那时,弟妹多,开销大,除了爹妈养鸡下些蛋换点钱外,我家几乎没有任何收入。爹妈是典型的西部农民,一辈子守着土地,过去,一直过着捏紧了喉咙的日子。好多读者觉得《大漠祭》里的老顺一家过得很苦,其实他们在当时的西部农村,算是过得很好的一个家庭,因为他们家里有牲口,有肉吃。那时节,很多西部农村家庭都吃不上肉,就连面,有时也吃不上,包括我们家。所以,每到上学时,爹妈就会着急,他们不知道该去哪儿生发那些报名的钱。几块钱的学费,也能让爹妈整夜整夜地睡不着觉。妈只能攒下鸡蛋,换点钱,当时的鸡蛋一个能卖两分钱。只是,谁家都没钱,不容易卖得出去。

我很清楚家里的处境,所以我非常痛苦。一方面,我想上学,另一方面,我又不忍心叫父母受苦,我知道,父母虽然说"吃屎喝尿,也要供我的娃子上学",但他们即便把裤腰带勒得再紧,也很难苦出那笔读书钱来。可武威一中是当时武威最好的高中,上了武威一中,学习环境就会好很多,考上大学、改变命运的机会也会大很多;如果放弃了这个机会,留在家里做个农民,或是到城里的工厂打工,我这辈子可能就这样了。幸好,小舅舅畅国喜听到这个消息之后,马上就鼓励我说:"上!有啥困难我帮你!"他的这句话,对当时的我来说,就像是一支强心针。

第二章 求学时期

就这样,我才终于进了武威一中。

在武威一中读书的两年里,小舅舅确实没有食言。他当时在武威金属厂上班,也住在凉州城里,高中那两年,他常叫我上他宿舍去吃饭。那时,我的午饭和晚饭一般在他那儿吃,早饭在学校里跟同学们一起吃。只有在他那儿,我才能吃上像样的饭,自己在学校吃时,我只能干嚼馍馍。那段时间,我刚好在长身体,要是总吃干馍馍,营养肯定跟不上的。所以,小舅舅的帮助,对那时的我至关重要,要是没有小舅舅,我的高中生涯定然要艰苦很多——我甚至会失去上高中的机会,因为,小舅舅的帮助在一定程度上减轻了家里的负担,也让爹妈安了心。在我看来,这比我的生活质量更加重要。

其实武威一中的食堂很好,有肉菜,也有素菜。素菜一般是胡萝卜、土豆丝之类,八分钱。肉菜一毛六,或二毛四,具体多少钱,要看里面的肉多不多。

我们班的同学很少有吃肉菜的。吃肉菜的同学,常常是航空学校的军人子弟,他们多穿着草绿色的的确良军衣,戴军帽,很威风的样子。他们的着装,是那个时代最流行的,一般家庭的孩子穿不起,我只在照相时才戴过一次军帽。航校的军人子弟老吃肉菜,许多时候,吃几口,他们就会把菜倒进泔水桶里,边叫"不好吃不好吃"。可我们这些农村子弟,却连八分钱的素菜都舍不得吃。我上高中时,就很少吃菜。

记得我一学期,只问妈要了二十块,四个学期下来,只用了七十块。那时一个学期有五个月,平均下来,我每月只有四块钱,虽然还有助学金,但因为我长得很富足,看不出穷酸,若是不知道底细,没人会信我家里穷——怪的是,连我自己也没那概念,似乎那穷,跟我无关——所以助学金一般是三等,一个月好像是三块钱左右。我想买书,只好不吃菜,大多时候,只打馒头,有时也打些精肚儿面条吃。毕业时,要给同学们送毕业礼物,我就到武威电厂挖了一个月的下水管道,赚了几十块钱,不但买上了礼物,还给自己买了一套新衣服和一双新皮鞋。那是我人生中的第一双皮鞋。

那时节,我们宿舍有个规矩:每天早上,由一位同学去食堂打馒头,我们宿舍有七个人,那位同学就打七个馒头,一人一个。每个馒头有四两,吃上一个馒头,上午就不饿了。我是周日打,但每到我打馒头的时候,许多同学都回了家,这样我就会省下钱,可以多买点书。虽说能多读些书是好事，但我老是过意不去，就总是最后一个取馒头。我觉得，因为回家而吃不到我打的馒头的同学，完全有理由不给我打馒头，但在那两年里，每天早上的网兜里，总是会剩下一个馒头。那装着馒头的网兜就晃来晃去，一直晃到我生命的最深处。

这六位同学分别叫张万儒、王科建、袁彦龙、石生辉、石成彦、张明泽，在我心里，他们都是我的兄弟。他们不认为自己做了什么，也没觉得自己无私或不无私，没人说过要帮我，没人计较，没人提出过异议，仿佛这是很自然的事。我当作家之后，每次和他们相聚，谈到那最后一个馒头时，他们都说不记得了。他们不会想到，每天的那个馒头，其实是我的养命食。他们的无私，不但让我多了一些书，也让我挺过了求学时期最艰难的日子，我为他们感到自豪。因为，他们与我的交往，一直是无功利的，他们身上承载了凉州文化最优秀、最美好的精神，家乡土地上能养育出这么多好人，说明家乡文化非常了不起，我真为家乡感到骄傲。我也总是觉得身边有很多善待自己的人，他们都在帮我，如果没有他们，就没有今天的我。所以，想起他们时，我的心里总是很温暖。

在武威一中读书时,穷困的另一个结果是,我一般不回家。因为我的家乡离城有二十多公里,路虽然不远,但那时的路,都是土路,不好走,骑自行车差不多要两个小时,公交车的车费当时又要八毛钱,我坐不起。所以,每周,妈就托陈泽年——他是我的一个佬佬,也就是凉州人所说的叔叔,他也是洪祥乡陈儿村人,在武威电厂工作——给我带来馍馍、捎来面,有时,还会带来一种三寸厚的大饼,很好吃,可惜放不了多久就会长毛。那馍,是一家人省下的白面做的,吃完了馍,我就到学校食堂打馒头,那饭票,也是家里人省下的白面换来的。后来,弟弟陈开禄跟我斗嘴时,总是说他们用嘴里省出的白面供我上了学。这是实情。

那段时间里,每周一我上早自习时,陈泽年就会带来妈做的馍。要是他不回家,妈就得另托别人带来。好在陈泽年常回家,我就能及时吃到馍,不至于挨饿。

虽然弟弟羡慕我能吃到白面做的馍,但我后来,还是吃不下去了。你想,顿顿干馍,吃一个月可以,吃半年,吃一年,就受不了了,一看见馍馍就恶心。后来,我想了个法子:蘸着盐吃。这是一种不健康的吃法,让我后来口味很重。我能吃的饭,别人是咽不下去的。奇怪的是,我竟然健康地熬了过来。

再后来,吃盐也不起作用了,一见干馍,我就有点反胃了。我就买了几根大头菜,就着馍吃,可大头菜放不了多久就发霉了,而且到了最后,我看着大头菜也恶心,又拌上辣椒吃……总之,我想尽一切办法,让自己把馍馍给吃下去。再后来,我也叫妈推些炒面,换换口味,但不久,炒面也不想吃了。在很长时间里,我一见馍馍就犯恶心,就是读武威一中时给吃伤了。

过去,我从来没有离家那么远、那么久过,所以我特别想家,尤其是开学的第一周。我当时甚至想,家里多好,为啥要跑到那么远的地方来上学呢?好不容易熬到了周末,我就迫不及待地让泽年佬捎我回家。但是,一回到家,对家的思念就没有了,总会害怕自己一辈子都要待在那个地方,就还是想上学。

某年中秋的晚上,下着雪,陈泽年捎了我,从家里往学校赶。那样当然很冷,但为了省点儿车费,我也只能这样。

别的都不要紧,我的手却很冻,因为路很难走,我必须扶住车尾架,才能坐稳。陈泽年觉出了啥,就问,你的手冻不冻?

我说,不冻。

他说,咋不冻?他跳下车子,脱下他的兔皮手套,给了我。

我说不要。

他说,骑自行车浑身冒汗呢,手不冻,根本用不着手套。不由分说,他将手套套在我的手上。

那个寒冷的晚上,北风凛冽,他就那样赤着手,骑着车捎我进城了。

长大之后,我也会骑自行车了,才知道,在冬天的雪地里骑自行车时,最冻的就是手。身体的其他部位会随着骑车的动作而活动,但双手握在车把上,几乎是固定的,也不怎么移动,要是不戴手套,那十个手指头裸露在寒风中,骑一会儿便会冻得死疼,钻心地疼。所以,不戴手套在武威的雪夜里骑车,手是很容易冻坏的。

后来,几乎每次骑自行车冻手时,我都会想到陈泽年;脸被寒风吹得刺痛时,我也会想到陈泽年,想到他当年坐在还是孩子的我前面,为我挡了多少寒风。所以,读师范时,我有了自行车,就学着陈泽年,捎一些比我更小的孩子回家。

第二章　求学时期

陈泽年对我真的很好,他不但捎我回家,帮我带吃的,有时还让我住在他的宿舍里——他在电厂有个单间,他要是回家,那单间里就没人,他就让我住在里面。他的房间很暖和,相较于我在学校时住的大通铺——它又脏又乱——这里自然是我向往的地方,有时,我也会拿来书,在他房间里静静地读书。

求学时期,我没有早恋过,我真正的恋爱,是发生在工作之后。虽然我很早就对女孩子有过好感,但恋爱方面,我还是比较迟钝的,属于发动得比较晚的类型。我的好感,多是一种朦朦胧胧的憧憬,现在还能想起一些,也仅仅是记得青少年时代的一些诗意而已。那时的感觉,是不能叫爱情的。比如,我曾憧憬过武威一中的校花,觉得她很美,她的出现,总能给我带来一种诗意的情绪。但是,我看她,就像看画里人一样,不会想去占有她,甚至没想过要接近她。直到现在,我虽然还能想起她的样子,但私底下,跟她,却连一句话都没有说过。

那时节,我的身边,当然也有一些女孩像我看校花那样看我,但我同样没跟她们来往过。爱的感觉带给我的诗意,只是我藏在心底的小秘密。

直到师范毕业,我都没有主动追求过任何一个女孩。除了学习,我所有的时间,都用在了读书和练武上。

4. 练武

大约在高中时,我正式开始练武。陈亦新结婚时,我请了两位练武时的拳师,一位是窦世民,我们称他为窦爷;一位是白和平,我们称他为白爷。窦世民是我的同门师兄弟。1980年前后,我跟一位叫贺万义的武师学拳时,他正好也在学,但那时,我不认识他。多年后,陈亦新跟窦爷学武时,提及贺万义,我们才知道窦爷是贺爷的弟子。

爹最初是反对我练武的,他怕我闹事。那时节,社会治安很不好,老有打砸抢啥的。但我学武不是为了逞强,也不仅仅是因为崇尚侠义精神、喜欢武术,更是为了有个强健的体魄和心灵,将来好有所作为。我觉得,一个男人要是没有强健的体魄和心灵,就什么都做不成。若是很早就疾病缠身,就会更加糟糕。后来,爹理解了我,就同意了我的练武。

贺万义是我外公的师父。凉州人管外公叫外爷爷,加个"外"字,以示跟爷爷的区别,但当面只叫爷爷,去了

"外"字。

爷爷叫畅高林,是武威洪祥乡新泉村人,是个职业箍炉匠,专为人补铁锅上的洞。小时候,常见他挑个担子,游街串村,我很喜欢看他干活。爷爷将那生铁们砸成碎块,装入一个耐火的小筒里,再将小筒装进小炉,加了柴、煤等,就开始拉那风箱。童年里,那风箱的声音是我常常听到的,也很好听,一推一拉,呱嗒呱嗒,很有节奏感,这声音伴随了我很长的时间。妈做饭拉风箱,我也拉风箱,我总爱看土炉里燃烧的柴火,有时是玉米秸,有时是麦草,有时是木柴等。在《白虎关》里,我曾写过莹儿被迫回娘家,有段在雨夜里烧火做饭、盯着湿柴发愣的情节,她的那些心理描写,都是我真实的体验。但爷爷拉风箱时,跟别人很不一样,他很沉稳,一下一下,有一种闷力。后来,爷爷给我教了烧火锤,那是一种独特的拳法,非常像半步崩拳。那时,武林中有种"半步崩拳打遍天下"的说法。

在啪嗒啪嗒的声响中,一股火苗,就会漫上来,那火苗一下下舔,舔不了多久,炉中的炭就全红了。待得那红炭燃得通红不久,爷爷就会倒了炭,用铁钳夹出那个盛铁的小筒,嘿,那碎铁都成红红的铁水了。爷爷就用小铁勺舀上一点红铁水,倒在另一只手中碎布上的谷糠上,谷糠马上会腾起火苗,但不要紧,谷糠多,一下两下烧不到手的。爷爷将那铁水放到铁锅的破洞处,对准托上去,锅里面马上会溢出红红的铁液,爷爷再拿个布条卷的圆柱体,将那铁水抹平,那破处就不再漏水,平滑了。

那时节,爷爷是按铁疤收钱的,每次箍完,他都会一个一个地数铁疤,然后收些麦子,或是角票。那时,一个铁疤收一两毛钱。爷爷就是用这手艺,养活了一大家人。后来,随着生活水平的提高,很多人家都不用补锅了,他的这一纯民间手工绝活,也慢慢失传了。现在,凉州的乡下,也很少能看到这一营生,很少有人再从事这一行业。于是,这行业也消失了。上一中时,爷爷带我去找贺万义。贺万义和苏效武是亲家,两人互为师徒。苏效武是当时马步青骑五军的十大武术教官之一,在当地很是有名,他精于少林拳,也传承了凉州武术中非常优秀的拳种。贺爷学下了苏效武的几乎所有功夫,很是厉害。

贺爷身材高大、壮实,有着凛凛的身躯,看着像武松,却娶了个瘦瘦的矮矮的女人,看起来身子很弱。但后来,贺爷早死了,贺奶奶至今还活着。

看来，那练武，并没有让贺爷长寿。强壮的死得早，瘦弱的活得长，这咋有点像老子说的话了呢？

贺爷最让我感动的，是他教拳从不收费。我跟他学过多年，但他坚决不收我一分钱。他只是认为，畅爷——爷爷叫他贺爷，他叫爷爷畅爷——人很好，畅爷看得起他，就教教畅爷的孙子。

贺爷教拳，首先看重的是武德。他认为，学武的人，要有武德，否则学了本事，心坏了的话，会给他惹事，毁了门风，他担不起，所以，他择徒甚严。这是他的一种做人姿态，重情意，重人品。

贺爷住在北大街，一个朝东的小巷的一间平房里。房子很老，有个很大的车门，后来，我就找不到那地方了，拆的拆了，搬的搬了。当时，贺爷的生活并不富裕，靠孵小鸡过活，老见有人来抓小鸡。他没有正式工作，凉州的练武人，大多清贫，很少有富的。他们的那身本事，要是到了别处，可能会好过一些，但窝在凉州，就只好清贫了。要是他不露一手的话，你根本不知道那朴素的老人会是武林高手，他有很多绝活。

不过，清贫的贺爷，在那时我的眼中，仍是一个大富翁，因为他有房子,我却没有。

有时,贺爷在那个大车院里给我教拳,有时,就在他家的小屋里,屋子很小,但他老说,"拳打卧牛之地"。

我每个周日都去他那儿学拳,然后每天早上自己练习。那时节,我还能过目不忘,他比画一阵,我就会了,不用占他多少时间,就能学会当天的功课,不多日,我就掌握了很多拳,贺爷也很高兴。

我首先学的,是关拳。这个"关"字,有点像过关的关。按凉州拳师们的说法,学好关拳,你就能学好其他拳。这是一套非常好的拳种,它几乎囊括了中华武林的所有架势,一招一式,要求十分严格。初学者只要学好关拳,基础就很扎实了。

除了关拳,我还在贺爷那儿学了其他的一些拳,包括达摩易筋经,这是一套内功。此功我练了多年,后来,恋爱时,教给了鲁新云。她练了一年后,就能在结婚那天唬住许多想闹洞房的村里青年。

我学的那些拳,窦爷也都会。几年前,我叫陈亦新专门跟窦爷学拳,学了关拳、燕青刀、提袍剑、六合条子等。我怕那些拳失传了。窦爷有些绝活,比如八卦万胜绝命刀,是西北五省总镖头飞天鹞子的独门绝技,后传给道人青童子,再传苏效武,苏效武又传给贺爷。此刀有二十四趟,许多人只闻其名,难窥其面。像这种绝技,若是失传,真是可惜。后来,我便要求陈亦新好好传承这些文化。移居广东的一段时间里,我们每天的晚饭后都会练一个多小时的武术,一来锻炼身体,二来传承凉州祖宗的好东西。

上武威一中时,我虽然只有十五岁,但我的喜好,那时便已确定了,如爱文学、爱武术、爱神秘文化,等等。这些喜好,我后来一直保持下来了,直到后来的二十年里,为了保证有足够的时间写作,我才有意地舍去了一些。

5. "农村孩子"

那时节,武威一中虽是当地最好的中学,但现在想来,还是很破的。不过,在那时,跟洪祥中学相比,它已经很好了。

我们住在足球场北面的一排宿舍里,记得是高低床。进城时,我带了个小木箱,装着我最心爱的书。闲了时,我也会趴在那木箱上写点东西,有时也会抄些我认为很好的文章或诗。在一中,我抄下了雪莱等诗人的诗集,还抄下了《红楼梦》中的几乎所有诗句,至今,我还能背诵一些。当时,对我影响最深的书,就是《红楼梦》。

那些书,在当时的我眼中,是天书,是可望而不可即的。所以,一到手,我就买些蜡烛,晚上不睡觉,直到抄完才会松一口气。当时的抄本,我至今还保存着。我也保存着那时写的文章,现在翻开看时,你绝对想不到我会成为作家。在那些文章中,看不出我有一点儿天分,能看到的,只有热情。也许,热情便是最好的天分吧。

为了给爹妈争口气,我在学习上狠下苦功,不过我即使在数理化上下苦功,也还是学不进去,当然主要还是我不爱。有时,我也会在半夜里偷偷爬起来,去路灯下背一些需要背的内容,但没办法,所有文史,我不用背,看一遍就记下了,那理科的内容,我无论如何背,脑中也总是一团糨糊。这也许是基础太差的原因,乡下初中的师资力量也不够,我考一中时,理化只有二十七分,要是没有写出那篇作文,我是进不了一中的。所以,至今我还能背下那篇作文的内容。当初,那作文被许多学校油印了,发给学生们当范文,但现在想来,也没有多么高明,倒是情绪饱满,很有激情。

第二章　求学时期

直到今天,我仍保留着许多初高中时的用物和笔记。有时翻一下,便知道自己当初确实下过一些功夫。虽然我搬过无数次家,但这些东西,我一直舍不得扔,家人也非常珍惜,从未遗失,包括初中时搜集的那些资料,比如贤孝、民歌、俚语、古籍、传说、故事等,也留在武威的老家里,成捆成捆地包着。对我来说,它们不仅仅是素材了,更是一个群体、一片土地曾经的生命痕迹,如果扔掉,就再也找不回来了。

我写的这些书,也是我的生命痕迹。百年后,留在世上的,不会是我的肉体,只会是我的书,或是关于我的那些文字和视频,包括这本书,包括"大漠三部曲""灵魂三部曲""故乡三部曲"们,等等。我的所有书,都记录了我的某一段生命。

当年,除了数理化,我用功最多的,是俄语。乡下孩子从来没有涉猎过外语,我们只能下苦功。每天晚上,我跟同学们就到路灯下背俄语单词。那时节,在深夜的路灯下学俄语的,定然是我们班的——武威一中当时有专门的农村班,班上的孩子都是农村出来的,我就在这个班里——老师们都说农村的孩子真能吃苦。但农村的孩子也有着城里孩子没有的毛病。

记得那时的冬天,总是很冷,西北风呼呼的,那平房老是走风,经常是滴水成冰。房里虽有炉子,也有煤,但最缺引火的烧柴。一天,一位同学发现了烧柴——学校正修新房子,修房子的椽子是用大木头锯的,那些边角料们,就可以引火了。许多同学都去拾那些边角料,往自家床下塞。后来,边角料没了,有人动了歪心,就砸那椽子。一人砸,许多人也都砸,于是每个宿舍的床下,都塞满了木柴。后来,这事被学校发现了,那些木柴被弄到院里。总务主任气得发抖,连吼带骂,一位领导却劝道,别骂了,农村孩子嘛。那"农村孩子",仿佛是个天大的理由,这事就没人再提了。现在想来,那时的我们,真不懂事,糟蹋了那么多好木头,但一想那领导说的"农村孩子",仍感到温暖。后来,我们这班农村孩子还是给学校争了光。

师范毕业工作后,我还学了几年俄语,但后来放下了。我的大脑像被格式化了似的,过去的许多东西,都完全放下了。在路灯下背俄语的那段日子,最终只给我留下了一些经验,它让我发现,背单词不是一种好方法,因为三十年后,我背下的单词几乎全部忘了,但我背诵的课文却仍然记得,

第二章 求学时期

至今，我还能背诵许多俄语课文。

现在想来，放弃俄语还是有点遗憾。那时节，我是真想学好俄语的，我很想读读原版的托尔斯泰作品，很想去俄罗斯，看看那块诞生了那么多文豪的土地，但我没有坚持下去。我放下了很多我不想放下的东西。因为我知道，人生很短的，有时，不想放下的东西，其实也需要放下。能真正做好一件事，就已经很好了。

当时的武威一中，有一种很好的风气，就是大家互相借书看。所以，我看了很多书，养成了良好的阅读习惯。对我来说，那些小说虽是人们眼里的闲书，却寄托了我的梦想和希望，所以，我是带着一种敬畏心去读的。那时，我常在深夜里到学校的操场上转圈圈，为的，仅仅是给自己一个独立的环境，静静地背书。背诵和摘抄的习惯，我一直延续了很多年。

那时，我的主要方向，是拒绝外界的干扰，守住自己的心，最大限度地将生命用在学习、成长、升华上面。其他的一切，我都会有意识地拒绝。很多事情，对我来说，只是过眼云烟，没啥意义，不值得消耗生命。因此，我经常一个人待着，将大部分生命用于读书，很少关注学习和读书之外的事,也就少了很多诱惑和干扰。

我当时关注的内容只有两个:一是如何修炼人格,二是如何成为作家。我会吸收与之有关的一切营养,拒绝与之无关的一切。

在我的价值体系中,最值得吸收的营养,是大师们的思想、灵魂、智慧和感悟。他们人生的沉淀,总能给我提供很多启迪。虽然高中时的我太小,对人生和社会之类的事情没有很深的体会,读经典时,很难产生后来的那种兴趣,也难有真正深入的思考,但好书仍然滋养了我。更重要的是,好书给了我一种很好的氛围,这种氛围不断在熏染着我,让我远离卑鄙,远离狭隘,远离琐碎,远离懒散,远离和理想相背离的一切。

曾经有人问我,如果上天给我再来一次的机会,我还会不会像过去那样度过我的青年时代?我告诉他,会的。因为我珍惜了所有的时间,我做出的,都是当时最好的选择。所以,就算再来一次,我仍会那样选择的。

有人也问我,若是我没有考上武威一中,会怎么样?很难说。考上武威一中,是我人生的第一步,如果没有这一步,我很难想象后来会有怎样的剧情。但可以肯定的是,我仍然会爱文学的,也仍然会修炼人格的,但我的爱文学,也许就跟千万个农村青年的爱文学一样,不会有大的格局。一个人要想发展,必须跳出自己的生存环境。

6. 不完全是失败

如果说我曾做过错误的选择,那就是高考时选了理科,没有选文科。

高中时,我的文科好,理科很差,高考时却仍然报了理科,原因是当时的文科没有中专,理科有中专。其实,要是报文科,我考上的可能性很大,但在那个时候,高考不仅仅关系到我的个人命运,还关系到我的父母。他们对我,有着很高的期待,要是报了文科,却考不上大学,就什么都没有了。我输不起。所以,我还是报了理科。后来,果然没考上大学,我就回到了乡下。

这个结果并不突然,但我还是很难受,在一个十七岁的孩子心里,这无疑是巨大的打击。

我考上高中时,有人就在背后议论,说考上高中也没啥了不起,又不是考上大学,又不给分配工作。这次,我没考上大学的消息一传出去,村里就有人说,你看,我早就说他考不上的。《大漠祭》里灵官没考上大学,回到乡下后的际遇,就源于我那时的经历。但是,最让我难受的,还不是人们的那些话,而是对父母的内疚和遗憾。

《大漠祭》中的一段话,就有我当时的影子:

> 灵官忽然发现父亲竟那么苍老。他佝偻着身子,捞着几根干沙枣树条。快要落山的太阳把他的身子印在沙地上,扭成一棵蠕动的老树。父亲老矣。灵官有种莫名其妙的伤感。他想起了三年前的某个清晨父亲背一袋面和他去搭一辆便车的情景。他永远忘不了父亲喘吁吁放下面袋后的那句话:"娃子,好好念,不要叫人家望了笑声。"两年后,他落榜的时候,父亲却什么也没说。在已经淡忘了落榜痛苦的今天,灵官忽然感到异常强烈的内疚和遗憾。他想,要是自己考上,父亲该多高兴啊。

那时节,正赶上挖蒜,所以高考落榜后,我干的第一次农活,就是挖蒜。挖蒜一般在秋天,太阳还很热,蒜地里很湿,不然挖不出蒜。挖蒜时,你会感到又热又湿,还得猫着

第二章　求学时期

腰，时间一长，就会腰酸背疼。没干过太多农活的我，显得特别笨拙。我没给爹争气，爹已经很不高兴了，挖蒜还笨手笨脚的，爹看见就越加不开心了。他就说，腰来腿不来，跌倒起不来。还说，老子供你上学，你却不争气，干活又没本事，等等。高考落榜，我本来就不开心，爹一说，我越加觉得没意思活了。那一刻，我忽然想，这样活着，有啥意思？某个瞬间，我甚至产生了不想活的念头。

回到家里，我没吃午饭就躺在炕上，很快，就进入了梦境。我梦到自己在蒜地里挖蒜，忽然来了一个黑胖子，带着两个人，拿个铁锁，想锁住我。我知道他们是阎罗王的人，就用我学的武功打他们。梦中的我很强悍，几下，就打跑了他们。醒来后，我觉得手很疼，那不想活的念头，却忽然没了，很奇怪。也许是练武的原因吧，我觉得自己的灵魂一直很强悍，无论在什么样的梦中，我都能打败别人。

没过多久，我收到了一个好消息：我考上了师范。

师范属于中专，我说过，那一年，整个洪祥公社里，就我一个人考上了中专。虽是个中专，但在80年代初，这意味着有了铁饭碗。我从此进入了体制，从农民的儿子成了干部——当时的老师，是干部编制。

那时候，人们很看重户口，城里人和乡下人的区别就在于户口，仿佛户口是一道铁栅栏，里外分明。因为，有了城市户口，意味着可以吃国家粮，不用出苦力干农活。但更重要的原因是，人们心中的那种城乡观念是很顽固的。所以，后来，我决定娶鲁新云——她至今仍是农村户口——为妻的时候，不少人劝我找个有工作的。二舅给我算命时，也说过我和鲁新云属相不合之类的话，但我全不理睬。我坚信，我的命运，是我的心造的。我想有什么样的命运，就会有什么样的命运。最后，我还是执意娶了鲁新云，她对我是一片真心。我要的是人，不是户口和铁饭碗。

不过，你也别小看这个铁饭碗，那时节，若是没有体制为我提供的工资，我非饿死不可。所以，有了力量之后，我也为一些想实现梦想的孩子提供生活补助，让他们没有后顾之忧。从亲身经历中，我知道，有很多人，年轻时都意气风发，也有梦想和憧憬，但因为生存的压力，他们走得非常艰难，到后来，就不得不放弃梦想，苟且于活着了。虽然我的路也相对艰难，但因为有基本的生活保障，就能坚守信念，坚守自尊，没有倒下。当然，这也得益于我的禅修，它让我有了一颗大心，让我窥破虚幻，放下了执着。如果一个人没有智慧和大爱的话,过大的生活压力,就会耗尽他的生命。

所以,考上师范虽不是大事,却让我摆脱了当农民的命运——我说这话,不是看不起农民,而是因为我一旦成了农民,就摆脱不了繁重的农活,再也没有机会读书、写作了。我的一些同学就是这样,他们天分虽高,但叫农活压得没了灵性。西部的文化氛围很独特,赋予了这块土地上的人一种灵气,但这块土地的贫乏,生存的艰辛,又会扼杀人的灵气。所以,很多人有天赋,却得不到开发,只好在沉重的生存压力下放弃理想,对生活屈服。我从村里老人身上,从爹妈身上,从很多人身上,都看到西部农民的苦难命运,所以,我必须读书,必须摆脱愚昧,拥有智慧和专注力,因为我有理想,我必须摆脱祖祖辈辈的命运。

后来,陈亦新有了梦想时,我除了叫他参与必要的社会活动外,一般尽量叫他多读书,不去干那些为了生计而浪费大好生命的事。

生活的重压是必需的,但有时候,若是压力过大,大到必须用生命或大量时间去换生活之资,就有些得不偿失了。西方一些国家能让没工作的百姓衣食无忧地活着,为啥我们不能为自己的孩子提供基本的生存条件,让他去实现梦想呢?

7. 节省时间多看书

1980年6月,我考入武威师范。

那时的师范,有个很大的操场,中间是足球场,老是有人踢足球。我们班的宿舍就在足球场下面。宿舍不大,不到二十平方米,却住着七个人。两个同学住小铺,我跟四位同学住大铺,虽然我的床铺宽不过二尺,但我还是在靠墙的那边放了一个箱子。从武威一中起,那个箱子就一直陪着我。

箱子不大,长约二尺,宽高约一尺许,里面装的,是我最心爱的书,还有日记啥的。从上师范起,我就有了记日记的习惯。我的日记中,大多是一些理想之类的事,现在看来,都是些口号式的内容,但那时,正是这些内容,每天激励着我自强不息,一天天,一年年,才走到了今天。

在师范,我最大的收获是能读到很多书,因为师范有图书馆。每周,我们可以去图书馆借一次书,我一般借小说。

那时候,我囫囵吞枣地读了很多名著,至今,好些内容都忘了。但读书的目的,不一定是记忆,它首先是让你知道另一种生活、另一个世界,知道在我们看到的世界之外,还有另一种存在。这是我在学生时代的阅读中最主要的收获。当时,我知道了很多作家,如雨果、司汤达等,他们的几乎所有作品——只要国内有译本——我都读了,它们开阔了我的眼界。后来,那时节读过的名著,我就再也懒得去读了,这也许是过早读经典容易导致的问题。许多经典,其实是应该重读的。少年时代的读,和青年时的读、中老年时的读,汲取的营养肯定是不一样的。

那时,我虽然知道托尔斯泰,但我不喜欢他,我一点也不喜欢他那种慢吞吞的叙述,倒是高尔基的作品我能读进去。对托尔斯泰的喜爱,是三十岁以后的事,一爱上,就上瘾了,直到今天。上师范时,我只有十七岁,那时我最喜欢的作家,还是中国作家,像五四时期的那些人。我于是疑惑:明明他们比托尔斯泰强,为啥不是世界文豪?直到三十岁后,我才发现,他们跟托尔斯泰有着很远的距离,主要就在于境界和胸怀。托尔斯泰有着别的作家没有的那种大气和悲悯,这与他的宗教素养有关,而中国的作家,缺的就是这一点。所以我说,爱托尔斯泰需要资格。如果你的胸怀和境界达不到的话,你不会爱上他的。我说的爱,是深入骨髓的爱,是真爱,是灵魂深处的那种爱,近乎一种信仰。只有这样,你才能进入托尔斯泰的灵魂,才能与他产生共振。当我痴迷托尔斯泰的时候,离我文学上的开悟,已经不远了。所以,当你的见地和境界达到一定高度的时候,一遇契机,得道是必然的。之前,你所做的就是,不断地向往并走近它。

我读书,喜欢系统性地读,对于每一个我感兴趣的作家,我都喜欢读完他的所有作品。这样,我就能对他有个全面的了解。在师范的两年里,我差不多将现当代的中国小说名家作品都看了一遍,一直没有作家叫我爱得疯狂。相较于那些名家,我更喜欢庄子。当你看过庄子之后,也会发现,几乎没有人的境界能超过他。所以,三十年后的某次访谈中,有人叫我向青年们推荐书,我就推荐了《庄子》和《道德经》,他们说看不懂。我说,看不懂也要看。先登山顶,再窥万象。

那时节,我在读书之外,也抓紧练武——从另一个角度看,我的练武其实也是为了更好地读书——我给自己定了

第二章　求学时期

任务,每天要举一对三十六斤的哑铃四百次,还要踢腿,各种腿法一百次,练易筋经一个小时,等等。虽然有点累,但我还是坚持了下来,因为我需要一个很好的身体。我知道自己未来要做的事情很多,我的愿力,缓解了身体的疲劳,让我有了前进的动力。身体越来越好时,我就时时和人比武,从没落败过,这说明我的练武还是很有成效的。当然,这也因为我没有遇到过高手。

一般情况下,我每天很早就会起床,练完功再吃早饭,晚饭后也会练功。其他时间里,我大多会读书,就连上课的时候,我也读书。

上课时读书,得益于我一心多用的功夫。这种功夫,我从小便有。我能一边读书,一边将进入耳朵的内容记下,这样就多了几个小时的看书时间。因为我的记性好,又能一心多用,不认真听课也不会耽误学习,所以,我索性这样度过了师范的两年。

在那时的学校里,我是最"不务正业"的一个。

常有老师发现我偷看小说而突然袭击,但他们的提问,我总能答得很好,往往是他们的问题刚一落下,我马上就将那答案脱口而出。一次,历史老师看我读得正入迷,就叫我起立，问我他刚才说了啥，我当然都能复述。他看了我几眼，只好叫我坐下。当时，很多老师和同学都发现了我的这一本事，都感到不可思议。后来，我又学会了保持专注力的冥想，更是将这本事用到了极致。至今，我仍然一边冥想，一边做事，有时甚至是同时做几件事。没人知道，我在别人看似忙得不可开交中，仍安住于智慧境界，或在冥想。

除了这，一心多用还叫我练成了很多节省时间的本事，一直到今天都是如此，比如，我能边跑步边背诗歌，边散步边冥想，边看电视边跳跃锻炼……没办法，人生苦短，我只能这样。现在，我一天要处理很多事情，还能读完那么多书，也得益于我多年来养成的这种节省时间的习惯。节省时间，已经融入了我的生命。虽然我总是在享受生命的每一个当下，但是在生活的选择上，我还是会抓紧我能抓紧的每一段生命，尽量多做些该做的事，包括读书，也包括文化上的事。不过，从本质上说，我这辈子只做一件事：完善自己。禅定、读书和写作，甚至包括做事，都是我完善自己的方式。其他的事，我也就放下了。

有个学生曾说过我的一个细节，那细节，我早忘了，他却记得：有一年我生日，孩子们集体请我看电影，电影正式开始之后,我挑了一个有灯的角落,坐下,校对书稿,直到电影开始,关了灯,我才回到自己的位子上。那学生说,当代人,可以为了吃饭,等上一两个小时,您却争分夺秒地工作,连生日也是这样。他还说,我终于明白了,您为啥能在几年内,写出那么多书。我当时就想,他可能不知道,我连结婚的当天,都在看书呢!

8. 两个变化

上中专之后,我的生命中发生了两个重要变化,其一是,我开始了对精神世界的探求。

从小,我就是一个爱问问题的孩子,一旦有了追问,我就会去寻觅答案,不愿糊糊涂涂地活着。我对生命和人生的叩问,是从十岁开始的。那时节,我就在思考一些大人才会思考的问题,比如死亡。

比起别处,凉州人更容易想到死,尤其在凉州的农村。每当村里有人死去,唢呐声就会飘满每一个角落,你根本没办法忽略。天性敏感的我,就在十岁的某一天发现了死亡。

那天,我发现村里有人死了,他闭着眼不动弹,脸色很难看,人们把他装进一个大箱子里面——大人们说,那是棺材——然后埋进土里,很多人都在哭。第二天,他消失了。又过了不久,他的亲人们不哭了,谈论他的人也少了,他的媳妇成了别人的老婆,他的孩子也开始叫另一个人爹爹。他啥也没有,啥也没留下,就连活过的痕迹,也渐渐消失了——这就是死亡。

大人没告诉过我什么叫死,我却怪怪地发现了那一切。从此,死亡就像我摆脱不了的黑洞,无论我在哪里,无论我在干什么,它都在一个离我很近的地方窥视我,我甚至可以听见它的冷笑。

白天还好些,因为有各种东西往心里进。到了晚上,当我被黑暗所吞没时,那恐惧就逼了来。于是,那种渗进骨子里的寒冷又包围了我——谁会明白,一个孩子在面对毁灭、面对大无常时的无助?

妈帮不了我,爹也帮不了我,在这个问题上,我找不到任何依靠。我甚至不敢睡觉了,即使累极后入睡,也常被梦中的黑洞吞噬,然后,我就会被自己的尖叫惊醒。于是我就在黑暗中胡思乱想。

夜好黑啊,村子好安静,狗也不叫,爹妈都睡着了,我听得见他们的呼吸,还有爹打雷般的鼾声,这让我觉得安全了一些。爹妈都在身边。可他们都不知道,黑暗中藏着一只叫死亡的怪兽,它随时会扑上来,咬住我的生命,狠狠地将它扯离我的身体。然后,我就会从世界上消失,慢慢地,我就会像那些被遗忘的老人一样,变成一个渐渐模糊的记忆。再然后呢……恐惧像潮水一样,把我淹没了。

从此之后,为了窥破生命的秘密,解除对死亡的恐惧,我对人的精神世界产生了兴趣,也慢慢地开始接触不同的文化。对我来说,这是一生中最重要的转折之一,它直接决定了我往后的命运走向。

我的第二个重要变化,则是正式开始写日记。

我的日记跟别人不一样,别人或在日记中宣泄,或在日记中记录一些秘密,我的日记,却以自我检讨、自我激励和自我调整为主。我也经常在日记里分析一些人事,着意训练自己的思维。此外,我还养成了一个习惯:在日记里记录一些好故事,作为以后写小说的素材。

最有趣的是,我这时的日记中,经常会出现事业、理想、为人民服务之类的字眼,还会针对社会民生、时事热点,发出自己的议论。很多事情,我不跟同学们辩论,却会在日记里跟自己辩论,平时走到无人处,还会自言自语。有时,那种激烈的交锋,很像是在唱双簧。十七八岁的孩子,竟有这样的思想,真是有趣。

在别人看来,这样的青春也许是乏味的,可那时节,我不但不觉得乏味,还非常地乐在其中。我只想让自己无悔,其他的,我不太在乎。我更不在乎别人眼中的精彩。在我看来,最精彩的青春,莫过于一段用尽全力去追梦的日子。那些汗水,那些忍耐,那些忏悔,那些升华,那些进步,都是我青春中最宝贵的记忆。那段记忆的名字,就叫梦想。

而我的梦想,就是从读书、写日记开始的。

十几岁时,我就开始规划自己的生活,什么该做,什么不该做,什么对梦想有益,什么会损害梦想,我分得清清楚楚。比如,我可以读书,可以关注世界,可以练武,可以写日记,但我不能早恋,也不能看过多的电影和电视。即使偶尔不能遵守,我也会在日记里反省自己,希望自己能改正。

比如,我很喜欢看电影,十七八岁时,我经常会忍不住看电影。幸好,那时的电影大多是励志的,很是积极向上,不会传递一些污染心灵的信息。但我每次看完电影,心里仍会非常懊恼,觉得自己浪费了时间。然后,我就会在日记里用大段大段的文字谴责自己,希望自己不要再犯。

我早年的文学训练,就是从写日记开始的。看过我日记的人就会发现,那时节,我的写作水平并不高,虽然和身边的人相比,我还算出色,但跟陈亦新十六七岁时的文章相比,我那时的文字,就显得很粗糙了,没有任何文采可言。

我每天都在勤奋地写,但因为没有老师,我只能摸着石头过河,因此都是瞎写。最要命的是,我没有很好的文学眼光,不知道什么是好东西,有时,自己写的东西明明很嫩,却自我感觉良好。尤其是写诗的时候,我以为自己在写诗,其实只是在写一些顺口溜,比如"春风荡漾的晚上,我站在操场的边缘,透过乳白色的月光,看到了微弱的灯光"。但那时,我竟陶醉了自己。你可想而知,我的成长有多么艰难。

我一直想让自己变得更强大,希望自己能有一种狼的强悍,但我的对手,一直是自己。我用狼的强悍来激励自己、征服自己,而不用狼的欲望来争夺世界,更不用狼的嗔恨来伤害世界。我明白,外面没有自己的敌人,每个人的敌人,其实都在自己心里。所以,我的对手,永远是自己的欲望。我也明白,无论如何贪婪,一切都在飞快地成为记忆,我不愿从贪婪的青年变成贪婪的老人,也不想在人生的桥上建房子,我只想放下一切,平坦了心,升华自己,享受命运里所有的故事,哪怕是一些当时觉得苦涩的故事。

我也想改变命运。

从小,我的目标就不是实现温饱,而是成长、突破、不断地进步,我总想挑战人生的极限。所以,虽然我上了师范,但我不想当老师,我想当作家。我即使想考大学,也只是在制造通往梦想世界的梯子,给自己一个更好的学习环境,而不是为了那个文凭。我所做的一切,从来没有偏离过这个梦想。

虽然周围一直有另一种声音,它们都在强调享受的重要,都在怂恿我变成混混,但我一直没有这样做。而我之所以进行修炼,也是为了让自己有足够的定力,能清醒地选择。如果不懂选择,任何地方都会变成染缸,无论你在哪里,都会被庸碌舒适的环境所熏染,一天天失去前进的动力,失去追梦的激情,觉得舒适的生活也很好,不用再努力了。你甚至会觉得,再不享受,人就老了。这时,你的成长就会停止,你会提前进入衰老期,你的人生之路,只能笔直地通向死亡。

我不想要这样的人生。

9. 敏感和坚持

我的日记还有一个特点,就是敏感。

我很敏感,而且善于联想。我可以从一个很小的细节——比如别人的一个眼神、动作、表情,或是一个小小的选择,甚至包括气氛上的微妙变化——中,引申出大段大段的议论,这让我有了成为作家的可能,但也让我容易受到外界干扰,容易受伤,甚至容易发怒。因此,《白虎关》中才有那么多大篇幅的心理描写。

对于早年的我来说,这是一个巨大的心理负担。因为我那时还没有智慧,不懂如何释怀。你想,一个敏感天真的孩子,突然发现社会上有那么多乱七八糟的东西,他怎么能不迷惑?如果这个时候,生命中没有向上的力量,让我放下烦恼、升华心灵,我就有可能会堕落。之所以那么多敏感的孩子,并没有成为作家或艺术家,却变得消极孤僻,不断放纵自己,终而伤人伤己,就是因为他们没有得到很好的引导,没有建立智慧的价值体系。从这个角度上看,我是幸运的。

我的幸运,还在于我从小就不认命。我觉得,命运怎么样,还是靠心来决定的。如果你是君子,甚至是甘地那样的伟人,你怎么可能有小人的命运?

　　我向往甘地的强大,更敬畏他让整个民族走向了强大。电影《甘地传》中有一个情节非常震撼:印度人开始向英国人抗议,手无寸铁的男人们走向那些拿着木棍的英国警察,女人们则在一旁候着,备好了医疗用品,在地上铺好供伤员休息的白床单。一批印度男人被英国警察打得头破血流,就到一边去接受治疗,下一批印度男人继续往前走,同样被打得头破血流,然后再换一批。在我眼里,这个场面比强大的武装对决更令人震撼,因为它是一场心灵力量的较量,它代表了一种视死如归的勇气。甘地为了感化老百姓,饿得奄奄一息时,说过一句话:"当我感到绝望时,我总会想起,历史中最终获得胜利的,都是爱和真理。"这句话也让我非常感动。我觉得,一辈子信奉这句话的人,才是真正的伟人,他用心灵的力量唤醒他人,而不是借助外部力量征服他人;他活着是为了利益世界,而不是为了侵略世界。这样的人,必然会影响人类的文明,也必然会走入人类的史册。

　　因为有了这种精神的滋养,面对那些随波逐流的人时,

第二章 求学时期

我总会觉得自己很强大。但这只是我自己的感受,别人不一定觉得我强大。那时节,因为贫穷,我甚至是得不到尊重的。当然,不只是我,也不只是那个时代,直到今天,所有穷孩子都会面临这种处境。我们想得到一点东西,得付出比富人家的孩子多好几倍的努力。所以,每个上了大学的穷孩子,背后都有一个为他牺牲的家庭,也有一些让人心酸的故事。

我的人生中也有这样的故事,我把它们写进了日记。

其中有三件事,在发生的那个当下,对我的打击特别大。

第一,某日,我买了一包白砂糖回家看母亲——那时节,白砂糖也算是很好的东西,所以,西部人回家时,都会带上白砂糖——结果塑料袋破了,白砂糖撒了一地,母亲舍不得扔,就把白糖和着土捧起来,用白开水泡了,等土沉下去之后,就把糖水给喝了。那情景,就像一根很钝的竹子扎疼了我的心。

第二,刚进教委时,我连八毛钱的公交车都坐不起,有时回家,就要骑上两三个小时的自行车。回到家,小小的儿子扑上来,抱住我的腿,开心地叫爸爸,我却连给他买爆米花的几毛钱都没有。当时,我只能对他说,对不起,爸爸没钱给你买爆米花。儿子却摇着头说,爸爸,我不想要爆米花。

第三,我们跟父母分家之后,穷得吃不上鸡蛋,有一次,我母亲炒了鸡蛋给陈亦新吃,陈亦新就含在嘴里,偷偷跑回家,吐出来给他的母亲吃。

很小的时候,陈亦新就非常懂事。但他的早熟,反而让做爸爸的更加难受。那时,我真想放弃了,可另一个声音又会对我说:不行!你不能放弃!一旦放弃,就再也回不来了!所以,我只能继续下去。我唯一的希望,就是尽快实现自己的生命追求。这也是我从武威一中开始,就明确立下的志向。

为了这个志向,曾经弱小的我,走了很远的路,足足走了近二十年。

先不论打算写《大漠祭》之前的努力,光是从打算写《大漠祭》开始,到《大漠祭》出版,就足足有十二年的时间。那十二年里,我虽然与世隔绝地待着,但我其实承受着非常沉重的生存压力。因为,我既要保证自己的生存,又要养活家人。其中的艰辛,局外人是很难明白的。

比如，我要供儿子读书，父母的基本生活和医疗保障也全部由我承担，后来弟弟得病了，家里为弟弟治病而借下的外债，也是我偿还的。弟弟去世之后，我还把抚养他的儿子陈建新的责任接了下来。还有，我的亲戚如果有什么困难，也会找我支持。我在他们眼中是正式工，但我其实并不富裕，成为专业作家之前，我每月只有两百多元的工资——这还是之后的事，过去，我的工资更低——有时，我们一家人连吃菜的钱都没有。面对这样的现实，一个作家想坚持一些东西，是很难的。但这还不是最难的，明显的难关，咬咬牙，有时就能熬过去，最难的是面对生活中的魔桶。

什么叫魔桶？就是一种迷惑你、让你失去向往的幻觉。它就像海市蜃楼，具有巨大的欺骗性。如果你不能时刻保持清醒的向往，就会轻易被它困住，在不知不觉中堕落。

所以，我非常警惕魔桶。为了不陷入魔桶，我一直在日记里记录自己的毛病，包括坏念头、坏倾向等等，它们都是我的镜子，也是我解剖灵魂的手术刀，我常用它们，把自己捅得鲜血淋漓，苦不堪言。但最终，我没有掉进魔桶，而且实现了超越。只是，这条路走得异常艰辛。

如果有老师指导我，我的这条路也许会轻松一些，但我没有这样的老师。那时节,在人格修炼的路上,我只能靠自己。我一方面自己省查自己,另一方面在身边和书里寻找值得学习的标杆,依照他们的行为和品质修正自己,久而久之,才终于战胜了自己。

第三章　步入社会

1. 隐士

1982年5月,我从武威师范毕业了,毕业后,我被分配到南安公社的南安中学。我在修行和文学方面的许多准备,就是在那里完成的。

那时节,南安是公社,很小,人也很少。后来它改成南安乡,再后来撤了,并入双城镇。我工作的那所中学,倒是至今还在。

在乡下，能分配到中学做老师已经很好了，因为中学有独立的宿舍——不大，只有十平方米，只能放一张桌子和一张单人小床——也有食堂，不用自己做饭。南安中学的位置也相对较好——它坐落在一个相对热闹的街道旁，附近有几个店铺，供销社也不远。想来，在那时，这真是最好的职业了。而且，工作之后我有了工资，但很低，只有三十九块五毛钱，除了吃饭，所有钱都用来买书和文学杂志，后来跟鲁新云谈恋爱时，我也不能给她买啥东西。

南安中学虽说相对热闹，但仍很偏僻，附近没有买书的地方，后来的北安中学更是这样。所以，我每周都会进城，我觉得哪些杂志重要，就会叫城里的邮政报亭给我留着，下次进城时，我再去拿。每次去，我都会买上几十本杂志。这习惯一直持续到二十岁。二十岁后，我的阅读口味变了，不再喜欢流行文学刊物，开始读一些更重要的书，主要是经典作家的作品，以及《道德经》《逍遥游》等古典文学作品，也读一些外国作家的作品，如《少年维特的烦恼》等。

有时，我礼拜六会回家，但即使回家，也跟在学校时一样，读书、练武，然后写一些东西，不做别的。我还会把珍贵的书都放进一个大包里，用自行车捎回家放着，回校时，再

第三章 步入社会

带上,生怕它们丢了。我对书的热爱和珍惜,已到了一种痴迷的地步——不过,其中也有理性的成分:在我们那片土地上,一个人想要走出去,改变命运,唯一的希望,就是读书。不读书,我就走不出传统文化的封闭,走不出历史文化的桎梏。我的视野,就永远无法超越我工作的那所小学、中学,或是教委,也无法超越我的家庭和我生长的那个村子。那么,我就不可能有大的人生格局,也不可能写出大作品。对我来说,这辈子就白活了。

刚工作时,我当然没想那么远,那时,我才十九岁,还是个孩子。我所有的想法,就是走出家乡,改变命运,成为作家。

在南安中学教书时,我的课不算多。没课时,我就一个人待在宿舍里,还是读书、写作,生活条件比以前好多了。因为,我可以一个人静静地待着,做自己的事情,不用跟很多人挤在一间房子里。于是,我就成了学校里的隐士,人们轻易见不到我。

不过,我在主动地与世隔绝的同时,也一直对身边的生活和世界保持着兴趣,只要有机会,我就会观察和接近不同群体的人,把他们当成朋友,跟他们交心,从他们身上学东西。后来，我还开始采访一些人，其中有猎人，有民间艺人，也有普通老百姓。这个习惯不仅为我积累了大量的生活素材，让我有了很多朋友，也让我挖掘出自己作为作家的另一种素质——采访。

另外，我也经常去镇上看农民艺术展，比如农家刺绣等。那些淳朴的老百姓，都俨然艺术家一般，能创作出很美的艺术品。不过，他们心里没有艺术家的概念，就像我后来的写字和涂鸦一样，纯粹是在玩一个自己很喜欢的东西——当然，也是在流露着自己内心的快乐和喜悦。

我跟隐士还有一个相似之处，就是向往大自然。长大后，我总是没日没夜地做我该做的事，可我骨子里仍是童年时的那个孩子，对大自然充满了向往，想念大自然的怀抱。陶渊明说"采菊东篱下，悠然见南山"，我见不到南山，只好在墙上贴一些山川、河流、草原的教学挂图，给自己营造出一种大自然的氛围，仿佛自己就在美丽的大自然里。其他的不足，我就用作家的感受力和想象力来弥补。累时，我总会看看那些画，回忆故乡的河滩，故乡的树林，还有故乡的大沙河。然后，我的心情就会变得明快舒畅，充满陶醉，仿佛又像童年时那样，跟大自然融在一起了。

第三章 步入社会

你从《西夏咒》中雪羽儿的身上,也可以看到我当年的影子。

一间木屋里,除了炕、灶具、几件兵器外,一无所有。只有墙上有几张剪纸,像是小鱼。后来,我欣赏雪羽儿唐卡时,每次见到那独具象征意味的小鱼,一股热流便扑进心来。身处旱地无法养鱼的雪羽儿,只好将心中的小鱼养到自家的墙上了。这是最能体现雪羽儿女儿心的细节。也正是这一点,带给了人们许多的联想和温馨,更将雪羽儿跟其他不食人间烟火的空行母区别开来。

只是,雪羽儿把小鱼请到小屋的窗户上,向往的是水的清凉,而我向往的是大自然。相同的,是我们的心情。后来,雪羽儿升华为智慧空行母,将灵魂中的那份细腻和诗意,融入了一种充满奉献精神、带着女性浪漫的慈悲。而我,则成了一个明白的作家。

我跟雪羽儿的另一个相似之处,当然是练武。

那时节,学校南边有个树林,每天早上四五点,我就会跑到那个安静的树林里去练功。虽说我躲在林子里练功,但整个南安都知道。乡村就是这样,没有秘密。只是没有人知道我究竟练啥功。其实,那时我除了练武之外,也练吴乃旦师父教的禅定之法。那也是一种专注力和想象力的训练,久久向往,久久观修,不但会得到智慧,也会变得慈悲。

我练功的时候,一般是午饭之后,大家都睡了。那地方就成了最安静的所在。我就一个人静静地待着,在修炼身体的同时训练心性,熏染升华,完善人格。

时间就这样静静地流逝着,虽说舒适、安稳,可我的心还是很不安。因为,我离理想还很远,远得我看不到边际,也看不到希望。而我也不是孩子了,我有了工作,成了老师。我已经长大了,肩上承担的东西瞬间多了,梦想也开始沉重。有时,我甚至会忘了,其实自己才十九岁。

2. 对自己苛刻

那时节,人生就像一场没有终点的旅行,我唯一能做的,就是不停地走,不要停下。所以,我给自己安排了很多任务,每天都有,比如一天读多少页书,一天写多少字,一天练功多少个小时,等等。

第三章　步入社会

有时出现意外,比如学校临时安排了任务,我就会完不成计划,但我不会用这个理由来安慰自己,还是会沮丧、自责,在日记中忏悔。因为我明白,我不是在为别人完成任务,我定下的任务,关系到自己的梦想和未来。如果自己懈怠了,我就会更加沮丧自责,然后在日记里忏悔,希望自己不要再浪费时间了。比如,1982年9月23日中午,我睡了两个半小时的午觉,醒来后非常懊悔,就在日记里写道:"今天下午,我贪恋舒适的热被窝,整整浪费了两个半小时。"然后,给自己计算时间:"一个人活上一辈子,也不过只有三万六千天,浪费一天,就浪费了生命中的三万分之一。"

其实,在一般人眼里,我不但没有浪费时间,而且已经很勤奋了——我常常三点起床,晚上睡得也很晚,就算中午睡了两个半小时,一天加起来,也没睡多长时间。所以,很多人觉得这只是一件小事,可我不这么想。我知道,自己可以有无数个理由偷懒,甚至可以睡得更久一些,过得更舒适一些,但理由和借口改变不了我的命运。很多人都在理由和借口中老了,活得非常平庸,我不想这样。我也知道,懒惰虽然不会伤害别人,也不是一个多么肮脏的缺陷,但它会无声无息地吞噬人的生命。所以,我宁可对自己苛刻一些。

那时,我每天都花上好几个小时练武,体力消耗很大,吃得也很一般,没什么营养,而且本身睡眠就不足,所以老是犯困,老是觉得很累。有时,我看不到外面的天色,睡时已是凌晨三点了。实在受不了时,做什么都打瞌睡,我就用冷水浇头,好让自己尽快清醒过来。冬天时,我还会开了窗,用冷水浇头。武威的冬天很冷,风一吹,头发上的水就会结冰,我就顶着满头的冰碴子写作,人就能精神一些。

当时,为了能在早上三四点醒来,我买了闹钟,但年轻人的瞌睡,连闹钟也不一定能打断。我常常一觉睡到天亮,每次睡过了头时,我都会自责。后来,我想了个办法:临睡前喝下大量的水。这样,我就总在睡梦中慌慌张张地找厕所,找呀找呀,找不到,就会憋醒。几个月后,我就能在早上三点钟起来了。

十九岁到四十多岁之间,我一直坚持着早上三点起床的习惯。直到后来我当了专业作家,为了身体健康,才改在五点钟起床。

不过,就算我对自己这么严格了,有时还是会忍不住,到南安公社的礼堂里看电视。那时节,电视机刚出现,还没

第三章　步入社会

有普及，大家都觉得很新奇。学校也有电视机，所以，有时我就算不出去，待在学校里，也会忍不住看电视。看时倒是很入迷，很快乐，但看完后，我才发现自己又在享乐了，就在日记里忏悔。

那时节，我的日记里充满了这样的忏悔，我总嫌自己在一些细节上做得不对，不够珍惜时间。

有一天，我给自己做了一盏台灯，那台灯很简单，就是一个灯泡，一个灯盏，一个底座，但我足足花了两个小时。完成时，我很开心，但很快又觉得不值得花那么长时间，又开始忏悔。其实，那台灯陪了我很长时间，给我提供了很多方便，但我当年是不管这些的，我只知道，自己该把所有时间都用在正事上。我也不管自己需要休息，不管自己对娱乐的渴望，我对自己是否珍惜时间的考量，是用小时来计算的。一天读书多少个小时，练功多少个小时，写作多少个小时，全都有量化的标准。在这些标准的帮助下，我不断调整自己的作息，希望找出一种最佳的状态，让自己学习、读书、写作、练功的质量能更高些。

我一般凌晨三点起床，晚上十一点半才睡，所以中午必须睡觉。但因为太累，一睡午觉，就容易睡过头。我就想了很多办法,让自己不要在午睡上浪费太多时间。比如,瞌睡时,我不到床上睡,仅仅是坐在椅子上,闭上眼睛眯一下,然后赶紧起来继续做事,累极了,就打拳、练武,通过各种方式来驱除睡魔。后来,我觉得白天要上课,没有大块的时间用来学习,就想利用白天不上课的时间睡觉,晚上连续学习,但白天偏偏睡不着,就会浪费好几个小时。于是,我又一边忏悔,一边继续调整。

当年,我最大的愿望就是战胜自己,为此,我在日记里写下了大量的口号,比如"要做一个对社会有用的人",等等。那些口号看起来很夸张,但我是非常真诚的,没有一点作秀的心态。我的目的,仅仅是让自己变得更崇高、更优秀、更强大。为了时时提醒自己,我还在宿舍门后贴了一张纸,上面写了"战胜自己"四个字,它是我在很长一段时间里的座右铭。后来,我换过好几个地方,但那四个字一直没换。现在,我不用这样了,我可以控制自己,想叫自己怎么样,自己就能怎么样,想睡多久,到点就自然会醒来,甚至不需要闹钟。

我在庸碌的环境中生活、工作了许多年,却没有被消解,反而升华了,原因只有一点,就是我将很多东西化为了仪式,而不仅仅是想法。

过去,我的所有修炼,包括学习,都是在用慈悲和智慧熏染自己,净化心灵,洗去贪婪,洗去嗔恨,洗去嫉妒,洗去一切阻止我变得更优秀、更伟大、更干净、更积极、更向上的东西。我也想活出一段能留下去的故事。为此,我还给自己设计了很多学习的仪轨。

比如,我买了一台小小的录音机,录上诸多类似于"你要珍惜时间""你要更加勤奋""你要早点起床"等激励性质的内容。那些内容经常随着我的状态变化,我需要战胜什么,就录上什么,经常给自己补充一些正能量。我还录了老子的《道德经》和庄子的《逍遥游》们。这些经典不但能为我补充文学上的营养,还能为我营造一种智慧的、大善的氛围,让我的心在潜移默化中变得更博大,人格也变得更完善。每天早上一起床,我就会打开录音机,一边洗漱打扫,一边听录音,背诵我录下的东西。这个习惯跟背诵唐诗宋词的习惯一样,我坚持了很久。后来,我到小学里教书,没有食堂,只能自己做饭,我就在做饭、擀面的地方,贴满了要背诵的资料。因为,既然难有大块时间单独补充这些营养,我就只能充分利用零散时间。哪怕在吃饭、走路、上厕所,我也不会让自己闲着。

生命每延长一天,就是命运对我的恩赐,然而,它也意味着我的生命又少了一天,所以,我必须跟死神抢时间,把我健康活着的每一分每一秒都用在刀刃上。

3. 战胜自己

在南安中学教书时,我生命中出现了第一个真正的逆行菩萨——小学时的班主任不算,他锻炼了我的心性,让我变得更坚韧,但并没有影响我的命运。南安中学的这位逆行菩萨则不然,他实实在在地影响了我的生命轨迹——我报考大学时,以及办工作调动时,他都对我进行了阻挠。

这位逆行菩萨姓刘,是学区辅导站——西部农村管乡镇教育的一种机构——的站长。他跟我小学时的班主任一样,也老是批评我,如果哪天他不批评我,我就会觉得很意外。

不过,刘站长对我其实没有太多的意见,就是看不惯我练武。他觉得,一个老师舞刀弄枪,搞得文不文武不武,这样不好。在他眼里,我很怪,跟身边的世界格格不入,因此他总是恨铁不成钢,总想好好调教调教我,让我走上正轨。但是,我也有自己的正轨,我的正轨跟他的正轨不一样。我不能为了让他舒服,就妥协、偏离自己的正轨。所以,他越是打击我,我反而越是坚强,越是坚定自己的选择,因为我想走出这个环境,不想成为他们。

多年之后,我忽然对刘站长产生了浓浓的感激之情,就打电话给家乡的同学,希望他打听一下刘站长的手机号,我想向刘站长表达我对他的感激之情,但同学告诉我,刘站长早死了。我心中很是难过。

这样看来,我过去所认为的刁难,其实不是刁难,而是鞭策。没有他们的鞭策,我也许不会像当时那么自强不息,也可能不会走到今天——我真是这么想的。我甚至感到后怕:要是他们当年重用我,给我个副校长或教导主任啥的,今天的我会怎么样?不知道,但肯定不会是今天的雪漠。正是他们的鞭策,成就了我。

我的人生中,有很多这样的朋友,几乎每到一个地方,就会有人用这种方式来帮助我。为了强调他们的重要,我始终称呼他们为"逆行菩萨",也就是以作对的方式来成就你、帮你成功的人。

比如,上小学的时候,我有个同学很有意思,每当他干了坏事,被老师发现,总会痛哭流涕地向老师坦白,说是陈开红教唆的他。那时节,我才知道,人间还有一种叫诬陷的事情。当时我自然很生气,觉得很委屈,但过后也就忘掉了。后来有一天,听朋友说,他竟在一次游泳中不幸淹死了。我很伤感。

再比如,《大漠祭》出版后,省文联想调走我,武威市委张绪胜书记专门带人来我家,说他代表二百万武威人民挽留我,希望我能留在这块土地上,为家乡文化做一些事。我很感动,就答应了。于是他不拘一格降人才,经过考核、公示,想让我当武威的文联副主席,还不给我安排事务性工作,让我专心创作。这决定在电视上一公示,就触动了许多文人的神经,一位以前跟我关系很好的音乐界朋友在文代会上首先发难。后来,同样跟我很好的一些朋友想方设法,终于让我在选举时落选。当时,同样参加了会议的省文联党组书记张炳玉有点打抱不平,就叫我跟他去省里,别在武威待了。我答应了,于是他就把我调去了省上,当了专业作家,从此有了创作的时间和自由。世界上的事,得失真是说不清。

第三章 步入社会

几年前,我借陈亦新的婚礼抛出了一根根橄榄枝,也得到了一些回应。我很高兴终于有了机会,能让我向逆行菩萨们表达感激。

我的人生观和鲁迅不一样,他是"一个也不宽恕",我是"宽恕一切"。我跟曹操也不一样,他是"宁可我负天下人,不可天下人负我",我是"宁可天下人负我,不可我负天下人"。因为我知道,用"负"换来的东西,很快就会消失,那"负"带来的情绪,也会很快消失,宽恕、包容和大爱,才是相对永恒的。

其实,家乡最可怕的并不是贫穷,也不是逆行菩萨,而是那种附骨之疽般的无所事事、琐屑庸碌。那些年里,虽然我有意识地拒绝环境的干扰,但还是受到了一定的影响。

那影响,轻易是发现不了的,因为它源于我从小接触的那种文化,以及我的父母和家庭。父母传给了我很多美德,比如助人为乐、知足常乐、不计得失、有底线、有良知等,可他们身上也有很多消极守旧的东西,这些东西同样传给了我,并且会潜移默化地阻碍我的成长。

最初,我没有意识到这一点,直到有一天,有个朋友对我说:"雪漠,你很有才华,但你不会有出息的。"我问他为什么,他说:"第一,你生活的环境里没有大师,你没有学习的对象,没有人能指导你;第二,凉州文化安分守己,非常保守,它定然会影响你的。一个人在狼窝里生活两年,就终身改不了狼的习性,何况你在这里生活了那么多年,以后还会一直待下去。你说,你能跳出这种局限吗?"他的话让我恍然大悟,我这才明白,为啥自己不能突破目前的层次——原来,身边的环境,已悄悄污染了我的心,在我的灵魂深处留下了一种污垢,我没有足够的智慧去发现它。而且,因为没有更高的参照系,我不知道怎样才能做得更好。这限制了我当时的心灵境界和人生格局。如果一直跳不出去,我就会像那个朋友预言的那样,不会有太大的出息。

　　此后,我就留下了大胡子,谁让我剃,我都不剃。哪怕他不让我进城,不给我发工资,不给我安排工作,我也坚决不剃。我要守住的,其实不是胡子,而是心灵的独立,我不能叫人从心灵上把我阉割了。胡子只是一种象征,它象征了我的精神阵地。只要我能守住那阵地,外界就无法同化我,也无法干扰我的独立。另外,我用各种方法为自己创造了一个更博大、更积极、更高尚的氛围,比如做利众之事、坚持日行一善,还有读好书等,将自己和环境分成了两个独立的世界。

那时节,我读了大量的大师著作,也做了大量的批注——也就是针对作品中的某段内容,写下自己的观点,和作者进行平等对话。这是一种很好的深入阅读的方法,这样你就会真正地理解作者的思想,把书中的精髓化为自己的营养,开阔自己的视野,反思自己的人生,然后一天天博大起来。

与此同时,就是自律。我坚持给自己打考勤,目的就是自律。这样我就知道自己每天做了什么事,有没有珍惜时间,每到月尾,就对自己本月的状态进行总结,然后在考勤表里警示自己,比如,"注意!本月读书只有十多个小时,你把大量的生命都浪费了,再这样下去,你注定会一事无成",等等。

开悟之前,我就是这样训练自己的,将这个过程浓缩为三个词,就是自省、自强、自律;进一步浓缩为四个字,就是战胜自己。

二十年后的某一天,我回到南安中学,想看看那里现在是什么样子——当时,我已是专业作家了——到那儿之后,我发现学校变了,但我住过的房间仍在。在门后面,我看到了二十年前我贴的一张纸,纸上还能清晰地看出"战胜自己"四个字。那一刻,我的眼泪一下就涌了出来……

4. 邂逅

我的初恋,就发生在南安中学。

1982年9月13日,鲁新云在我的日记中出现,从此她进入了我的世界。

年轻时的我有点帅气,在南安中学教书时,喜欢我的学生很多,其中也有女学生。

鲁新云也是我的学生,她是南安中学那时的校花。那年我十九岁,她十八岁。我平时教政治,因为歌唱得好,后来代了全校的音乐课。她十八岁才上到初三。要是她按正常的计划早上几年的话,肯定就跟我错过了。

认识鲁新云之前,我没有谈过恋爱。那时节,我常提醒自己,不要结婚,不要堕落,不要沉迷于花前月下,我还在日记里虚构了一个爱情故事,故事的主人翁——一个有过梦想的男孩子——就在情感的诱惑下,跟一个女孩子发生了肉体关系,终而结婚,堕落,一事无成。当然,我不是说结婚

第三章 步入社会

就是一种堕落,而是说,对于一个有着远大追求的人来说,过早地沉迷于温柔乡,纠缠在一些柴米油盐的琐事上,不再思考人生,不再追求生命的意义,不再追求梦想,就是一种堕落。当然,我说的堕落,是相对于我之前那种追求而言的。

我之所以虚构那个故事,就是想提醒自己,假如我受不了诱惑,跟女孩子产生了感情,将来会有怎样的命运。

对很多人来说,结婚是人生的必经之路,没啥可怕的,但对那时的我来说,却是一件可怕的事。因为,我可能会被世俗生活所消解,丢失自己的梦想。要想不被消解,我就要始终用正念来坚定自己的心,不要让自己迷失掉。

最初,我跟鲁新云的关系,只是单纯的师生关系。后来,她总是带着一个女同学来请教问题,我们就越来越熟悉,也越来越亲近了。我们身上都有一种身边的环境所缺少的东西,就是对诗意的向往。它是高于生活的。它就像建立在生活上空的神秘花园,你遥望着它的时候,就像遥望着夜空中一颗一颗的星星。当你的心中出现一种浸满喜悦的疼痛时,你就跟它产生了共振。

鲁新云没有什么事业上的追求,在跟她交往的很长一段时间里,我都在帮助她,也教过她很多东西。后来,她的梦想,就是我和家庭了。

而那时节,在我心里,她也是一个清凉的梦。

跟她相处时,我总有一种非常诗意的感觉,就像你在一个微风轻抚耳畔的日子里,坐在湖边,看着依依杨柳,湖畔青草也在微微摇摆,湖面荡漾着一圈一圈的涟漪,再慢慢地恢复镜面般的平整——是的,在理性没有掠夺我的心灵时,她总能带给我太多的诗意。她很质朴,很真诚,就像童年时的大自然,让我感到无拘无束。在充满了功利的人群里,她的出现,显得异常清凉。

那是我生命中的一次不期而遇。

当时,我在日记里记下了很多跟她有关的细节:从她如何在我房外张望,到她如何来向我请教问题,一直到我们后来的交往、对话,等等。很多琐碎的细节,我都写得津津有味,有时还会专门描写她笑的样子,描写她说话的表情,等等。这时,我的日记就出现了一种小说的感觉。陈亦新后来整理我的日记时就说,我在严格意义上的练笔,是从这个时期开始的。

不过,即便在这个时候,我仍像过去那样,在日记里不

第三章 步入社会

断激励着自己,希望自己能更努力,能早日成功,也常在日记里歌颂祖国,说一些非常像口号却发自肺腑的话。也是因为这些激励,在为了爱情而纠结的那些日子里,我才没有淡忘理想和追求,也没有给自己任何懈怠的理由。

但是,我的心真的产生波动了。

在很长一段时间里,面对鲁新云时,我的心总是很复杂。我不知不觉地期待她的出现。她没来时,我会想:她啥时候才来?她来了后,我又不愿她来。因为,当时有好多人开始嘀咕:那丫头子咋整天到小陈老师的房里去?

我在日记里记录过一个故事:有个女学生老跟一个男老师请教问题,就有人传闲话,说他们发生了不正当的男女关系。其实那女孩很纯洁,没有做出啥见不得人的事,但没人相信她,谁都骂她不正经,村里人疏远她,爱过她的表哥也开始恨她。就连自己的父亲也不相信她,把她赶出了家门。最后,她走投无路,就堕落了,真的跟那男老师发生了关系,还变成了女流氓,在社会上鬼混。这是个真实的故事。我记下这个故事,是想日后把它写成小说,而鲁新云的出现,不但激活了我对这个故事的记忆,也让我对这个故事的理解,有了另一种角度——它在我的心里种下了一颗忧虑的种子,我担心鲁新云也会陷入绯闻,更害怕她会扛不住压力,陷入悲剧。所以,我总是故意表现得非常冷淡,叫她不要来了,但隔上一段时间,她还是会来。虽然我表面上仍然很冷淡,但我心里其实很感动:人生很短暂,有人能用这样的真心对你,没有任何条件,不离不弃,就是你最美的收获。

所以,对鲁新云,我非常珍惜,也很在乎她的感受。那时,我自己也在挣扎。每一次跟她相处,我的坚持和拒绝都在动摇,我从潜意识里渴望一种东西。或者说,有一种情感不可抗拒地苏醒了,它正在撼动我的自主和宁静。我从来不觉得,一个人的日子有多么寂寥,而鲁新云的出现,却唤醒了我对寂寞的所有感受。我渐渐失去了过去的那种安宁,开始渴望她的陪伴。她在我身边时,我总会觉得特别开心,后来,她甚至走进了我的梦里。

我在一本书中写过一段话,说的就是我那时的心情:"我只觉得生活中有了她,一切都有了意义。那时的许多个瞬间,我甚至也这样想:人不就是一辈子吗,很快就过去了,为啥不珍惜眼前的爱,而去折腾自己呢?"

对一个想要完成自己、成就事业的人来说,爱情真的有些可怕。即使我已经有了很好的定力,竟也抵御不住爱情对一颗年轻心灵的诱惑。在不断的拒绝和渴望中,我与鲁新云的世界,也在不知不觉中靠得越来越近。

5. 开始恋爱

鲁新云家离南安中学很远,骑自行车要四十多分钟,所以,她中午一般不回家。于是,我就让她到我房里来吃饭、喝开水。冬天时,她还会一大早到我房里来放棉衣,她爱美,不愿在温暖的房子里穿棉衣。

从我认识她,到现在,她一直是个追求完美的女人。但她追求的完美,不是世俗标准的完美,而是心灵的完美。

她的学习成绩不太好,但很有智慧,上初中时,她就爱上了《红楼梦》,读得如痴如醉,我却是高中才爱上《红楼梦》的——当然,这也跟我之前读不到《红楼梦》有关系——而且,我心里还有理想、永恒、伟大、不朽之类的东西,以及诸多的知识,一有知识,便有污染,便有功利。因为,我会下意识地,用知识诠释生命最本真的东西,看什么值得,什么不值得。鲁新云却没有这些概念,也不想这些,她的生命中不需要这些东西,她只想做好自己该做的事情,从不觉得自己在奉献、在牺牲,非常本分。这一点很难得。她甚至不像一般的女人那样怕老。她总说,谁都会活老的,所以,她从不刻意去化妆、打扮、美容。她几乎破除了生命中所有的名相,没有任何毛病,非常质朴、简单、本真地对待所有人,所以,我一直非常崇敬她。

　　这种人不多,有些人在最初相处时,也能对你很好,没有一丝功利,但随着越来越深入的交往,他对你的态度就会变,因为欲望会增加他的贪婪和执着。鲁新云却一直没有变。我们相识了几十年,她对我始终一片真心,毫无所求,永远都在无私地付出。我创立广州市香巴文化研究院后,将数十万稿费投入了文化传播,做会计的周阿姨急了,说你咋不给师母留点养老钱?鲁新云在一旁听了,只是淡淡地笑。她不在乎这些。我成不成功,有没有钱,她都那样对我,从不抱怨,甚至从来没有自己——谈恋爱时,我练武,她就跟我一起练武;结婚后我读书、写作,她就把读书之外的时间,都用来照顾家。她不需要自己的世界,也没有这个概念,她的世界,就是这个家。年轻时,她等了我几十年,现在我们不住在一起,她依然在等我。她总是尊重我的选择。

第三章 步入社会

十八岁之后,她做的所有事情,就是用一片真心来待我。二十三岁——那年我们结婚了——之后,她做的所有事情,就是让我快乐、健康、安心地做我想做的事。十九岁时,我已经确定了梦想,而梦想中并没有爱情与婚姻,却仍然对她难以割舍,正是因为她的真心。

在当时的日记里,我详细记录了跟她有关的一切,比如我们相处的日子,她说的一些有意或无意的话,还有她的眼神。我还在日记里记下了当时的很多经历,而且写得非常详细,就像小说那么细腻,其中有一种浓浓的感觉,充满了两个生命相遇时的纠结和感动。

我总是在她的眸子里,搜索感情的痕迹,也总是在她的言语里,揣摩她的心情。但其实,我只是在期待她笑。我爱看她笑。她一笑,黑压压的天地,就随之亮了。随着感情的加深,一切跟她有关的东西,包括她的亲人、偏僻的学校,还有那个偏僻的村子,对我来说都有了特别的意义。

我们的关系,也明显超越了师生的界限,虽然我们很纯洁,但我们很亲近,这种亲近,已招来了风言风语。不过,那时我已经不可能再叫她不要来了,因为巨大的情感已经裹挟了我,理性已经不管用了——十九岁时,我的智慧光明还没有焕发,我的心还不属于自己,我的情绪还会随着外境剧烈地波动,我有些想要随缘了。

而且,家里人那时开始给我找对象,有些女孩子也在主动地追求我,但她们不是真心喜欢我的,我有正式工作,才是她们接近我的主要原因。我们那个年代,年轻老师找对象都想找双职工,也就是两口子都有正式工作。鲁新云是我的学生,又是农民,我们要是谈恋爱,我的家人定然不会随喜。但我不管,我的眼里没有这些东西,也不觉得挣钱养家会是问题。我觉得,就算老婆是农民,也没啥关系,最重要的,还是人本身。所以,能阻止我跟鲁新云相爱的,只有我的梦想。

我们跟普通的青年男女不一样,即使在恋爱之后,我们也很少谈花前月下的事情,在我们的大量信件中,我跟她谈得最多的,就是梦想,以及如何学习、如何读书之类的内容。比如,刚开始她的字很丑,我叫她练字,后来她就练出了一手好字;我又叫她练武,她也答应了,我就老是穿了黑色夜行衣,翻墙到她家里,把她叫出来一起练武。现在想起来,那段往事真是有趣。

更有趣的是,我下定决心跟她在一起时,却不愿自己主

第三章　步入社会

动表白,就想了个法子刺激她,让她来挑明我们之间的感情——那天,我给了她一本叫《新村》的杂志,叫她拿回去看,因为那本杂志里有一篇文章叫《说吧,我爱你》,里面写了很多因为没有表白而错过的爱情。我知道,她看完那篇文章,肯定会来跟我表白,因为她肯定不想错过。于是,她拿走杂志之后,我就开始等她。果然,她第二天就写了张纸条给我,告诉我她有多么痛苦,最大的痛苦,就是不能跟我在一起。于是,我就顺理成章地接受了她,开始了此生的第一次——也是唯一一次——恋爱。

但这件事,我们没有告诉任何人,因为我们虽然年龄相仿,却毕竟是师生关系。没做男女朋友之前,流言蜚语就很多了,好多人都在议论我们,说我不可能跟她在一起,因为她是农民,我将来肯定会找双职工。要是我们的关系公开了,说闲话的人肯定会更多,他们的话也定然会更难听。虽然我不在乎别人怎么说,更不会为了别人的几句话,就改变我的感情,但我明白舆论的可怕。老祖宗说过,"众口铄金,积毁销骨",简言之,人言可畏。我不能不在乎。而且,当时我确实没有决定啥时候跟她结婚。一旦流言蜚语传开,她肯定会受到巨大的伤害。

我既不想让她受到伤害,也没有做好用结婚来保护她的准备,所以,我只能选择先不公开,而她,也再一次尊重和允许了我的决定。

6. 纠结和承诺

我没有下定决心结婚,并不是因为鲁新云不够好,只是我怕一旦结婚,就会被拴在这块土地上,我想走出去。

如果说我要和这块土地上的女子结婚,那么她就是最好的选择。首先,我们相爱;然后,她全心全意地对我,从不像别人的女朋友那样,对我提出诸多的要求。对我,她一直就只有奉献,从不索取。她还是学生的时候,就这样。当时,她自己什么都没有,就把妈妈给她的好东西全都给了我,比如苹果、饼干、点心、花糖之类的好吃的。虽然都是些小东西,但她自己舍不得吃而全给了我的行为,却让我非常感动。从这个细节,我就可以看出她对我的那份心。我们结婚之后,她更是这样,她完全放下自己的一切,融入了我的世界——几十年来,她没有自己的朋友,也没有自己的空间,她的所有空间,就是我和儿子,现在又多了个孙女。无论什么时候,她都没有为自己求过任何东西。我知道,这样的人太难得了,一旦错过,就再也遇不到了。所以,跟她相恋虽然让我有了很多纠结,但我从来不曾后悔。我觉得,人的一生中,能得到这样一份感情,是最大的幸运。

不过,确定恋爱关系之后,我确实更纠结了,我所有的思绪都围绕着这件事,怎么都跳不出去。我当时的日记里,也充满了痛苦的焦灼。我一直扮演着两个角色:一个角色鼓励我继续,另一个角色要求我放弃,"他们俩"不断提出自己的理由,都想争抢我的心。于是,我时而想放弃,时而想继续。那纠斗之惨烈,不亚于血肉横飞的战场,只是它发生在灵魂深处,你看不见硝烟和鲜血而已。

每次纠结过后,我都会身心疲惫,但我还是舍不得结束这段温馨美好的关系。

当时,有个朋友专门跟我谈过爱情和事业的问题,他说,一个伟大的人,首先要学会控制自己,不然,事业和爱情就是相互冲突的。我觉得他说得对,但当时的我怎么都做不到。

在南安中学教书的时候,我并不安于当时的生活,还有其他的追求——我想考上大学,在更好的环境里深造,然后成为作家。可是,如果我真的考上大学,去大城市里读书了,鲁新云怎么办?她能一直等下去吗?如果她能,我最后会跟她结婚吗?我会让她等多久?假如我没有养家糊口的本事,没有成为一个优秀的人,没有成功,我还能跟她结婚吗?……诸如此类的问题一直缠绕着我,把我的心搅得很乱。有时,我实在不想考虑了,想等我上完大学再说,但过了一会儿,我又觉得这样对她不公平。万一,到时候我不想跟她结婚,或是没能力结婚,她怎么办?我应该早些做出决定,不能浪费了她的青春和感情。

我的理智和情感就这样一直在吵架,我就像被暴风卷上了半空,有一种不能自控的感觉。那时,烦恼对我来说太真实了,一点都不虚幻,我很难做到《金刚经》上所说的:"一切有为法,如梦幻泡影,如露亦如电,应作如是观。"我观不出来。我总是陷在烦恼里,惦记着未来的事情,品味着过去的一切。我还不知道,后来的自己会走进一种充满诗意的宁静,会真正地主宰自己的心,我只知道自己被烦恼裹挟了。

后来,我实在找不到答案,就把自己的纠结告诉了鲁新云,让她来选择。我还告诉她,无论她怎么选择,我都会尊重她。其实,潜意识里我是希望她放弃的,我想从这种无休止的纠斗中解脱,而我自己又没有足够的力量,斩不断这团乱麻。所以,我只能把希望寄托在她身上,让她"一刀了结了我"。这样,我就能义无反顾地追求我的梦想和事业。但是,一想到她会放弃我,我的世界就突然变得空空如也,一切都失去了颜色,连每天的写作和练武,都变得有些乏味了。

我没有想到——但也不觉得意外——当我真的将问题抛给她时,她不假思索地说,好,我等你,等你十年也行,等你一辈子也行。

很多人在热恋时,都说过这样的话,但真正守住这承诺的人不多。对很多人来说,承诺只是一时的情绪,说过,就变成记忆了。但鲁新云那样的人不是这样,一旦她承诺了,就会像守住生命中的重宝那样守住这个承诺,就像信仰者守住自己的信仰。她有点像《白虎关》中的莹儿,总是淡淡的,不像一些人那样轰轰烈烈,骨子里却有一种非常刚烈的东西,用钢刀也砍不断。后来,她确实等了我一辈子,幸好,陈亦新结婚后给她生了个可爱的小孙女,她就不再寂寞了。

那时节,我之所以把选择的权力交给她,是希望她能让我安心，但得到她的承诺之后，我却并没有安心，只是暂时停止了对这个问题的思考而已。很快，我再一次陷入了灵魂的挣扎之中，因为我始终觉得爱情和信仰是不能共存的，定然会相互干扰，所以，我很怕自己将来会对不起她。

在这个问题上，我足足纠缠了一年多，在那一年里，我的心总像沙尘暴的重灾区，总在剧烈地波动着，总在坚守和放弃的天平上摇摆，一会儿上，一会儿下，一会儿在天堂，一会儿在地狱，不能自主。而相思也不时地灼烤我，让我的心不能安宁。因此，即使我极力避免，也仍然受到了干扰，但我的写作水平却进步了——首先，不断在日记中倾吐情感的纠葛，这让我有了面对灵魂的能力，生命中的很多情感也被激活了；其次，我的语言慢慢变得细腻，对话、情感和场面的描写，都有了很大的进步，显得越来越饱满了。那时的很多日记，现在看来，已经很像小说了。于是，我在1981年10月8日投出了人生中的第一份稿件，但没有得到回音。

纠结的恋爱还有一个好处，就是为我提供了无数的灵感和创作素材。比如，有一天非常冷，鲁新云来学校看我，但她没有骑车，是让弟弟捎她来的。她一进我的宿舍门，我就发现她满脸都是冰碴子，当时，我心里有一种说不清的感觉,那种感觉很独特,没有深深地爱过一个人,你是不会明白的。于是,在那天的日记里,我记下了这个细节,还虚构了好些对话,例如我这么问,她这么答,我再那样问,她又那样答。事实上这些对话根本就没有发生过,都是我想象出来的。陈亦新和妻子王静后来整理我的日记时,就一边打字,一边大笑,把肚子都笑疼了。为啥?因为他们知道,这些场景,都是他们的爸爸虚构出来的。

所以,从那时起,我就开始创作小说了。但我的日记里没有连续的故事,也没有连续的场景,只是一次又一次的即兴发挥。虽然每次都能写好,但假如我试着创作一部完整的小说,就会立马失败,因为我并没有真正地开窍,只是有了一点感觉而已。

7. 风暴

谈恋爱的第一年里,虽然我时常陷入强烈的情感纠结,但我并没有迷失,还是在自己选择的那条路上走着。跌跌撞撞,却从未停下脚步。为什么?因为我的生命里始终充满了自省、自律和自强,我永远不可能心甘情愿地沉醉在温柔乡里，做一个平庸的小男人，过一种美好但平庸的小日子。

你只要翻开我当时的日记，就会看到大量激励自己的内容，比如"醉生梦死追求安乐，还是不断进取成为生活的强者？我选择了后者"。很多人都很难想象，这些话出自一个十九岁少年的口中，而且，他正在热恋。

当然，我之所以能做到这一点，跟我恋爱的对象是鲁新云也有关系。鲁新云跟其他女人太不一样了，她从来没有要求我做她期待的那个人，也从不期待我像其他恋爱中的男人那样。她似乎不需要情话，不需要缠绵，不需要恋爱中的小女人需要的一切。她始终淡淡地陪伴着我，又像空气一样不离不弃。但她又不是唯唯诺诺的。也就是说，她对我的尊重，并不是一种无奈的妥协，而是一种从心而发的接受。她把我的梦想当成了她的梦想，她所有的心思，就是陪伴我、照顾我，让我能实现自己的梦想。她的奉献、跟随和等待，也是她的尊严。她并不是一个被爱情剥夺了自主权的弱小生灵，她始终是强大的。她灵魂中的纯粹、强大、自由和诗意，有点像我作品中的一类女人，她们这样的女人，几乎在选择爱情的同时，就选择了等待的命运。所以，我将她们的爱情,称为"貌似爱情的信仰"。

我跟鲁新云一样,从始至终,都清晰地知道自己需要什么,该追求什么,无论遇到什么样的诱惑和坎坷,我都会守候那个梦想。因为,虽然当时的我才十九岁,但我已经有了死亡的参照系。面对任何事,我都会用死亡来衡量它,看看它在死亡面前有没有意义。如果有意义,它就值得我追求;如果没有意义,我就会舍弃。这是一种理性,也是一种极致的浪漫,因为它是一种放弃一切的坚守。在这个世界上,还有什么能比守候更加浪漫呢?当然,还有陪伴,鲁新云那样的陪伴。但她的陪伴也是另一种守候。我们都是把守候当成信仰的人。

我的守候,在一般人看来真有点偏执的味道了,因为我根本不像一个恋爱中的人。我有了女朋友,却仍然在大量地读书、持之以恒地练笔、夜以继日地学习,准备再次参加高考。甚至,在给鲁新云的信中,我都没有停止过激励,但我不只是激励自己,也不只是向她表达自己的梦想和抱负,也是在激励她,希望她能过好自己的一生,不要把人生虚度了。如果你看过我写给她的那些信,肯定很难相信那是一个十九岁的少年写给女朋友的情书。而且,在跟鲁新云谈恋爱的第一年里,我连她的手都没有碰过。

不过,我毕竟是恋爱了,我也有恋爱中的男子常有的心情。

谈恋爱的第一年,我仍像过去那样,常常不回家,一个人留在学校里看校园,包括过年的时候。每到那时,我就会感到非常寂寞。虽然每天都在读书、写作、练武,但我面对空荡荡的教室、空荡荡的走廊,倾听风声在校园里的呼呼回响时,仍会觉得孤独。这时,我就非常希望鲁新云能来看我。

有一次,她来看我,临走时,说自己明天还会来,但她没有来。那次,我等了她整整一个月。而且,我不是一天一天地等,而是一个小时一个小时地等——我修行时在等她,读书时在等她,写作时也在等她。我虽然也能全情投入地做我该做的事,但投入上一段时间,就会忽然惊醒,然后不由自主地倾听门外的声音——那里,还没有响起她的脚步声。那时,我是真的尝到了寂寞的滋味。

刚开始,我在一种幸福的期待中等她,随着时间一分一秒地过去,我变得越来越焦虑、烦躁、猜疑。当我一个人做饭、吃饭时,那种感觉就格外清晰。我不再清净,也不再安详了,就连工作上的烦恼,也被我抛诸脑后。我不断在揣测着鲁新云没来的原因,心里充满了莫名其妙的烦闷,甚至设计了好几套方案,准备见面时惩罚她。但是,第二天她还是没来,第三天也没来……这样的等待,持续了一个多月,这样的纠结也持续了一个多月。我丝毫没有因为时间的推移,变得好受一点,只有在学习时,才能得到一丝安宁。这时,红尘对我,才真的成了火狱。而我,也像那火宅中的孩子,既无力挣脱,又乐此不疲。

思念她,揣测她,埋怨她,成了我每日的功课,我却一直没有去找她,我终究还是守住了自己——我不是在跟她较量,不是在争夺情感上的主导权,而是在跟自己的灵魂较量,我不愿向心中的欲望屈服,我还是想要找回心灵的主导权。我始终觉得,生命不是用来谈恋爱的,不是用来跟一个女子缠绵的,我要守住的,也不是那个女子的爱——虽然我很爱她,也离不开她——而是我灵魂的自主和寻觅。即使因为爱的期待充满痛苦和烦恼,我也没有落下自己该做的事情——读书、练笔、写作,一天都没有落下过。这是我没有因为恋爱而迷掉最重要的原因。

不过,爱情对我来说,并不单纯是一种诱惑,它也是一种非常重要的助缘。因为，我始终很感恩鲁新云，她给了我一份完美的爱情，我觉得自己必须变得优秀，变成一个配得起她、配得起这份爱的男人，不能让这样的女子爱上一个平庸的男人，这成了我勤奋和坚持的另一个原因。

我跟很多人最大的区别，不是天分，也不是宿慧，而是认真和坚持。我说过，即使在恋爱的时候，我也没有荒废过学业；即使在纠结到极致，身心疲惫的时候，我也没有让自己颓废过。我一直很自律，也一直很自强，我的心中始终有一种强大的向往。

在1983年那本日记的封面上，我摘抄了雨果的一句话："有一种比大海更大的景象，那便是天空；还有一种比天空更大的景象，那便是人的内心。"这句话展现的不但是雨果的心，也是我的心，是我对文学、信仰和未来的向往。在我心中，文学殿堂是神圣而不可亵渎的，因为它承载了整个人类最伟大、最崇高的一种情感和精神——对人类的观照，对人类心灵的探索，对人类命运的关注。我向往的文学精神，就是这种东西。它就像一盏灯，高高地挂在文学的天空上，当我在黑暗中抬起头时，总能看到它，我的心里就会充满激情和力量。我想，这就是文学的力量。文学的力量

第三章　步入社会

不在于改变世界,而在于改变人心,它能让人永远走在向上的路上,永远不会变得麻木自私,永远不会忘掉世界和人类,永远不会变成一座孤岛。

但是,热爱文学还有一个副作用,就是对痛苦、寂寞的感受也会更加深刻,所以,热爱文学的我,在热恋期那一个多月的等待中,深深地尝到了爱情的痛苦。

一个多月,眼看就要开学了,鲁新云仍然没来。

一天,有个朋友来学校看我,叫我跟他出去。我想,鲁新云今天大概也不会来,就跟他出去了,很晚才回学校。回到学校时,看门的大爷却告诉我,有个丫头子来找你,你没在,她等了整整一天。我知道那一定是鲁新云,于是就在心里嘀咕着:我等你,你不来;我不等你,你反而来了。但我总算松了口气,因为她还是在乎我的,这说明她没有变,没变就好。那一刻,我对她所有的揣测,都像太阳下的霜花那样,消失得无影无踪了,一个多月来的折磨,终于结束了,就像做了场漫长的噩梦,终于醒来了。

果然,开学的第一天,我才见到鲁新云。我问她为啥一直不来找我,她说,她妈妈知道了我们的关系,很不高兴,骂她不好好学习,到学校里去谈恋爱,还坚决反对我们相爱。

一个多月以来,她妈妈一直不让她出门,好不容易能出去了,她就马上去学校里找我,我却不在。她说着说着,就哭了,我也很难受。我当然明白她承受了多大的压力,也真的不想让她那么痛苦,但是,一个多月的相思,让我更加确定,我已经离不开她了。她也哭着对我说,就算死,我们也要死在一起。

不久,好多人都知道了我们的事,闲言碎语就像沙尘暴那样,疯狂地卷向了我们。好多以前不议论我们的人,也开始反对我们相爱。有些人甚至坚定地认为我在玩弄她,不可能跟她结婚,因为,他们总是觉得我不可能娶一个农民。这种看法,直到很多年后依然没有改变,拍《大漠祭》改编的电视剧时,有人也说,灵官即使回来,也不可能娶莹儿的。我说,咋不会?我都娶了农民,他为啥不会娶农民?但我也明白,这代表了当时西部人的一种普遍立场。

我从来不是这样,虽然我们还没有定下婚期,但我对她是认真的,从来没有想过要玩弄她。如果不牵挂梦想,我就会毫不犹豫地娶她——当然,她还是学生,她毕业后我们才能结婚——我也不怕那些闲言碎语,那时节,就算没有绯闻,人们也在说我的坏话,我早就习惯了,甚至把它当成了生活的一部分,但鲁新云不是这样。她只是一个初三的学生,从来没有经历过这样的事情,她的世界曾经非常的安静和简单,和我相恋之后,她却像突然被卷入了沙尘暴。她虽然不脆弱,甚至有些倔强,但她能经得住多少流言蜚语呢?要知道,在我们那儿,唾星总是会喷向女人。毕竟我们是师生,当时,有很多不堪入耳的话,都泼向了她。她肯定不会好受的。

舆论的压力,给我们的爱情蒙上了阴影,当时的天空,也总像罩着一层浓雾,总想吞噬我们。我总是做梦,梦里梦外都有人在造谣,可见,当时的舆论给我们带来了多大的压力。不过,有压力也好,虽然难受一些,却让我们更坚定了。如果环境很温暖,风平浪静,我就会继续陷在爱情和事业的纠结之中,而环境的极力反对,却给爱情编织了一个神圣的光环,让它变得更加诗意了。守住它,上升到了守住信仰的高度,我也就没什么好纠结的了。所以,从一定程度上说,那些逆行菩萨也成全了我们的爱情。

那时节,我常去她家里找她,但都在夜里。有时,我们像《白虎关》中的兰兰和花球过去那样,一起到无人处聊天。有时,我还会找她一起练武。她家后院里种了花,我当时就趁着月色,在她家的花丛旁练武,她在一旁看着我,时而也会跟我一起练。每当那时,人们那些带着恶意的声音,就远到心外去了。

几十年来,我不断为自己做出各种选择,爱情,几乎是我生命中唯一一次没有选择的选择,但现在看来,那也是一个很好的选择。

因为,我爱上了一个这样的女人,这种女人是值得用生命相待的。对她的爱,曾短暂地扰乱我的心,但它最终推动了我的寻觅,让我更加进取,更加向上,更努力地追求觉悟和成功。所以,面对"情魔"这个说法时,我也只能深深地叹一口气。

当时,我们的事情也惊动了我的家人,金川的吴叔叔口苦婆心地劝我,叫我不要早恋,要把心思放在学业上。父亲也明确表态,叫我想清楚,如果不想跟鲁新云结婚,就不要拖着人家。父亲是好心,他怕我害了人家姑娘。面对这种局面,我没有退缩,也没有动摇自己的感情,但我没办法改变别人的看法,也明白家里人是为我好。我唯一能做的,就是好好学习,做好我该做的事情,将来无论怎么样,我都要变得更加优秀——这不仅仅是为了我的个人命运,也是为了鲁新云。因为,如果我以后跟她结婚,就要给她一个优秀的丈夫和一个相对好些的生存环境。

8. 无奈

二十岁的我,不知道出路在哪里,未来对我来说,是一个黑洞,我看不清里面有什么,也看不清自己最终会走到哪里。我只是在走路,而且,我走得很认真,也很坚持。

当时,我最大的短期追求,就是考大学。所以,我学习的重点,一直围绕着大学的必考科目,包括历史、地理和俄语,尤其是历史。后来,虽然我失去了考大学的机会,背下的所有资料都没有用上,但那时的用功还是没有白费,我后来的写作非常受益,因为,当时的用功,让我有了非常扎实的知识积累。

任何事情都是这样,即使最初的设想不能实现,当时的努力也会给你带来另一种收获。从真正意义上说,只要努力了,就一定不会白费。但你一定要在努力中成长,而不能仅仅收获某种知识。

在南安中学的时候,寻找俄语教材和辅导材料不是容易的事情,为此,我真的伤透了脑筋。后来,我的高中同学叶柏生知道了,就帮我买到了我需要的所有资料——他当时在清华大学读书,买书比我要方便得多。虽然我后来放弃了俄语,但叶柏生的情谊让我一直很感恩。后来陈亦新结婚,9月在武威摆酒席,我就打电话请他来参加婚礼,还叫他不要去别的地方,他也答应了,却没来,连道贺的电话也没有。我觉得很奇怪,就打电话去他家里,才知道他早些时候外出考察,8月22日遭遇车祸,离开了人世。知道那消息时,我非常难受,有点怪他为啥不听我的,为啥要食言,可事情既然发生了,怪他也无济于事,我只能感叹人生的无常。人生中的很多事情,真的说不清。当我们尝试去改变,最终却无法改变时,我们只有接受这种无奈。我的人生中,充满了这样的无奈。

  失去考大学的机会,也很让我无奈。当年,为了考大学,我拒绝了很多安排,比如不肯当班主任,总是一下课就躲进房子里,做我该做的事情。我的目的很简单,就是多争取一点学习的时间,让自己能成长得更快一点。但我的多次拒绝惹恼了刘站长,他对我更加反感了,后来就把我调到了比南安中学更偏僻的北安小学,而且不肯在我的高考申

第三章 步入社会

请书上盖章。他不盖章,我就报不了名,报不了名,我就参加不了高考,于是我就失去了高考的机会。

他当时的理由很滑稽:师范生教小学没问题,不用考大学了。这当然让我很失望,就像突然被人用麻袋蒙住了脑袋,狠狠地打了一顿,但我没有争辩,更没有闹事,我只能接受。因为我知道刘站长的想法,也知道争辩、闹事没有用,我只能平静地接受。反正我考大学也不是为了文凭,而是为了有一个更好的环境,能多读点书,更好地写作。既然做不到,我就只能自己创造更好的环境,好好地写作。所以,我一接到调令,就一声不吭地收拾行李,一个小时内就离开了学校,骑着我的那辆破自行车,捎着我所有的家当,去北安小学报到。

当然,我的心里很不好受,有一种被流放的感觉,但我仍然没有争辩。在后来的很多年里,我多次像这样被惩罚性地调来调去,我也一直没有争辩,更没有屈服,我始终坚守自己的梦想,朝着自己选择的方向前进着。后来,我在房里挂了一副字:耐得寂寞真好汉,不遭人忌是庸才。那也是我对自己的激励。我知道,只要自己不倒,任何人都无法打倒我。

不过,被调到北安小学,我还是有点不安,因为那学校很偏僻,我不太了解那里的情况。而且,听说那里没有食堂,老师得自己做饭,这对不会做饭的我来说,真的不是一个好消息。但既来之,则安之,我也管不了许多了。

到了北安小学,我只提出了一个要求:要一间单人宿舍。校长答应了。于是,我把自己从南安中学带来的那张油布挂图挂在窗户上,充当窗帘,继续开始读书、写作。刘站长对我的惩罚没有影响我的心,更没有改变我的生活方式,我还是延续了在中学教书时养成的习惯,只是其中又加上了一个做饭的环节。

北安小学的学生不多,有很多废弃的教室,我就像《武林志》里那个老汉那样,将一间废弃的教室布置成练武场,在里面吊上沙袋,摆上树桩,栽了葵花秆,练梅花桩、九宫步和飞镖啥的,把墙上扎得全是洞眼,也练静功,生活倒也逍遥。

而且,当时我不但自己练武,还教一些孩子们练武,所以当地的老百姓都知道我,对我也很好。最初,我不会做饭,就买了好多面,到附近一个叫郝玉兴的铁匠家里,请他用这些面帮我做饭。可是,没过多久,我就再也不去他家了,因为他和他老婆对我太好了,每次我去他家,他们都会做很多很好吃的饭菜,远远超出了我给他们的那点面,这无疑给他们增加了麻烦和负担。所以,我下定决心不再去附近的乡亲家里吃饭,学着自己做饭。

这对不会做饭的我来说,当然有些困难。最初我没把工作调动的事情告诉父母,也是怕父母担心我的饮食问题,可后来他们还是知道了——在那个年代,中学里虽然有炊事员做饭,但老师们必须自己交面粉,爹怕我的面粉不够,有一天,就骑了车去南安中学给我送面粉,也因此知道了我被调往小学的事情。这个消息对爹来说,无疑是晴天霹雳,因为当时的西部人都觉得中学老师被调到小学是一种惩罚,爹不知道我为啥会受到这种惩罚,很担心我,于是马上又捎了面,去北安小学找我。

北安小学很偏僻,爹不知道路,就一路打听,过了很久才找到那所在。到了北安小学之后,看到那冷清破旧的校园,他的心情就更沉重了。他也知道小学没有炊事员,一想到"娃子咋吃饭啊",心里就难受极了。毕竟我当年才二十一岁,又不懂做饭,在父母眼里,我还是个不会照顾自己的孩子。

他一见到我，就问，你是不是犯了错误？他以为，要是我不犯错误，是不可能被下放到小学的，无论我如何解释，他都似信非信，满脸担心。后来，他总是提醒我要跟领导搞好关系，就跟那次下放有关系。其实，我并没有做错什么，除了吃饭上课，我一般不跟别人来往，总待在自己的宿舍里，一不迎合，二不应酬，三不争名争利，四不干涉别人，别人就算做了错事，我也只是看在眼里，并不揭穿。所以，我跟别人没有闹过别扭，别人对我所有的不满，都是因为他们看不惯我，那是他们自己的问题。可是，我一想到爹知道我被调到小学后的那份难受，还有一直以来对我的担心，我就觉得有些过意不去，心里非常难受。

爹对我的担心不是没有理由的，我确实不会做像样的饭，只会做一种叫拌面汤的食物，有点像城里的疙瘩汤，但是里面没有菜。我的做法是，在面粉里加上水，搅成面疙瘩，然后倒进烧开的水中，稍微煮一下，这时，面粉是熟了，但谈不上好不好吃，纯粹就是一锅糨糊。即便这样，我也还是一日三餐都吃它，而且是一次尽量多做些，分三顿吃，这样一天就可以只做一次饭。那情景，很有些范仲淹划粥而食的意味。那时，我不知道剩饭在四个小时后会滋生出很

第三章 步入社会

多细菌,只想省时间,所以我总是直接吃剩饭,连热饭的工序都给省掉了。几个月后,我就得了肠炎,每天早五更总会剧烈腹痛,不得不起床拉肚子。不过,我不认为这是生病,反而觉得很高兴,因为这样我就不用担心自己睡过头了。当时,我真有点以苦为乐的味道。我常常想到孟子说的:"天将降大任于斯人也,必先苦其心志,劳其筋骨,饿其体肤,空乏其身,行拂乱其所为。"也会把一切艰辛都当成上天对我的考验,坦然接受。这种状态,持续了很长时间——当然,后来我想了个法子(拼命吃蒜)治肠炎,没让自己一直病下去,不然就出大问题了。

  北安小学虽然很冷清,没什么人,被调到那里,确实有一种被流放到边疆的感觉,但是对读书、写作来说,倒是一处很不错的所在,因为那里很安静,没人打扰。在那儿的两年里,我没有改变自己的生活方式,仍然是学校里的隐士,仍然不参与老师之间的很多业余活动,总是在自己的小屋里做自己该做的事情。因为没有机会考大学,我也就没必要再为考大学而学习了,我的精力就完全集中在修行、写作和读书这三方面。除了做饭、吃饭、教书——实际上,因为吃得很简单,我用来做饭的时间并不多——之外,我把所有时间都用来读书和练武,也仍然会在打扫房间时听《道德经》《庄子》等经典的录音,一边劳动,一边背诵,一心多用。假期的时候,我仍会选择看校,不回家,因为那是学校里最安静的时候。所以,那两年里,我补充了大量的文学营养,也积累了成功所必需的一些知识,收获还是很大的。

之所以北安小学假期没人,除了大家都想回家之外,其实还有一个原因:据说北安小学会闹鬼。几乎所有老师都相信这个传闻,非常害怕,不敢在没几个人的时候待在学校里。我倒是不怕,每逢寒暑假,我一般都不会回家,总是一个人待在学校里,静静地做自己喜欢的事情,因为没人打扰,有大块的、可以自由支配的时间,所以那是我最开心也最自由的时候。

不过,有一天,我遇到了一件奇怪的事情。

那天我出去办事,回来时,郝玉兴告诉我,小陈老师,我刚才看到两个丫头子进了学校,不知道是不是你女朋友。我说,不会吧,校门锁着,她们应该进不去啊?但我还是到处检查了一下,学校里果然没人。但是,到了夜里,我忽然梦到窗外烈火冲天,正烧着两个女人,那情景很是恐怖。

北安小学有很多类似的传闻,附近的村里也经常发生

第三章　步入社会

一些类似的怪事。比如，人们都说，村里曾经有个人叫鬼迷了，趴在涝池里吃淤泥，一边吃，一边说："香呀，亲家的好长面。"要不是村里人发现得及时，他就会因为吃了过多的淤泥而死掉。据说，过去也经常有人看到几个女人进了学校，可校门其实一直锁着。

我虽然不至于恐惧，但睡觉时仍然会经常不关灯，不过，就算我不关灯，有时也还是会发生诡异的事情。比如，半夜里，我总是发现桌子旁边坐了人，还跟我聊天；平日里，我也经常听到一些稀奇古怪的声音。但我一直没有去探寻出现这些现象的原因，也不去讨论到底有没有鬼，只管把一切都当成幻觉，仍然安然地待着，做我该做的事，就像在南安中学时一样。毕竟，真也好，假也好，我都得在这里待着，不能到别处去，除非我辞职。但我要是辞职，就肯定不能继续做老师了，因为那个时代跟现在不一样，老师没有权力选择工作。换句话说，我要是有异议，就得回家做农民，没有别的选择。一旦回家做农民，我就再也没有那么多时间做自己喜欢的事了。既然如此，我的探究又有什么意义呢？就像我总说的，改变不了命运的时候，就要改变自己面对命运的态度，这是一个人的尊严。何况，我有自己该做的事，懒得花时间在其他事情上。

就这样,我在这个偏僻诡异的地方,一待就是两年多。

9. 孤独

我在北安小学教书时,鲁新云已经初中毕业了,她的成绩很一般,又没有成功、事业之类的概念,就留在家里,帮父母做些农活。这一点,她很像"大漠三部曲"里的莹儿。

其实,鲁新云就是莹儿的主要原型,在很多方面,她跟莹儿都很像,包括对待爱情的态度。她也是一个为诗意而活的女人,爱情对她来说,是一种信仰。她非常倔强,爱了就爱了,不会管值不值得,也不会管未来会如何。只要愿意,她就能将这份爱情守一辈子;如果不愿意,你就算给她金山银山,她也不会待在你身边。她甚至不去管很多跟爱情有关的概念和规矩,只管爱情本身。

我在北安小学上班时,鲁新云也会来看我,每次来,她都会带上一些馒头。她知道,我虽然学会了做饭,但做饭对我来说,仍是一种毫无意义的消耗,她也想尽量帮我节省一些时间,可她不能常来。因为,我们没有订婚,她妈妈还是

第三章 步入社会

不随喜我们的来往,怕当地人会说闲话。

我当然明白她的难处,但假如她太久不来看我,我还是会不高兴,有时还会在日记里骂她,发泄一种无法释怀的情绪。为了宣泄这种情绪,我甚至会经常在日记里虚构一些故事。那些故事中,总有一些我的生命中不曾出现过的女子,她们都代表了我的某种向往。透过这个细节,你也可以看出我当时的一种心情。

那时节,我还很年轻,还没有智慧,需要朋友之间的交流和倾诉,但大部分时间,我仍然喜欢沉浸在自己的孤独里,让读书、写作占据自己全部的生命。所以,我虽然寂寞,却不会想东想西,很专一,不散乱。

有时,太孤独了,我就写日记,在日记里跟自己说话。那时,日记成了我最好的练笔方式,也为我留下了许多资料。其中的很多内容,现在看来非常有趣,而且,里面有一种沁入灵魂深处的孤独。其实,这个世界上所有人都很孤独,包括我。现在的我跟别人不一样的,仅仅是我的心已经圆满了,我不在乎世界给我的回应,有人理解我也好,没人理解我也好,我都是那样,因为,我不需要外面的世界给我什么,我只管自己当下该做什么。因此,我虽然孤独,却不会痛苦,仍然很安详。这跟几十年前太不一样了,所以,修行很重要,智慧也很重要。没有智慧,单纯靠机械化的训练,想要摆脱灵魂深处的痛苦和孤独,是很难的。

二十岁的时候,我最大的快乐和诗意,就是见到鲁新云。鲁新云只要来给我送馍馍之类的吃食,我的心里就会充满了温馨。不过,有的时候,我在乎的可能不是她这个具体的人,也不是现实中的任何一个女子,而是一种感觉,一种清凉的存在。它会像我虚构的那些女子一样,静静地进入我的生命,带走我灵魂中的苦楚。我向往她们,就像向往我灵魂中的母亲,所以,我向往的不是一个完美的女子,而是一种更高尚的、诗意的存在,也是一份出世间的大爱。它没有一点污垢,没有一点欲望,它是灵魂深处的诗意、依怙和清凉。我也幻想着,假如有这样的女子做伴,人生或许就不会孤独了。

虽然我在南安中学和北安小学都有一些不那么好的际遇,但我的生活中还是有温暖的。例如,我常跟相熟的几位老师一起做饭。那时节,大家最喜欢吃的,就是揪面片。时不时地,老师们还会打平伙,就是大家凑钱买羊肉,煮了一块儿吃。这都是我生命中非常温馨的回忆。但是,即使我觉得很温暖,也很感恩他们的情谊,但我还是喜欢一个人待着,还是会用黑油布蒙了窗户,还是喜欢一个人熬夜读书。明白我的人,自然会理解我的心;不明白我的人,也只能随他们去了,因为,心若是不相契,你怎么解释,他也不会明白的。

那时,睡魔仍是我的一个很大的障碍,我太困了,为了驱走它,我总会喝一种牛血一样浓的茯茶,而且我喝了很多年。后来,因为长期以来睡眠时间过少,有时就连那么浓的茯茶都不能驱走睡魔,不能让我清醒。这时,我就用冷水洗脸,即使在零下十几二十度的严冬也这样。我甚至会在下雪的夜里打开窗户,把头伸出去,用夜晚的凉意来刺激自己,让自己被冻醒。现在看来,这种方法的效率不一定高。不过,那时我其实不追求效率,我只是在跟自己的懒惰——有时也不是懒惰,而是极度的疲惫——较劲。

这种较劲,也成了一些人不理解我的理由,每当他们看不惯我时,就会在背后嘀嘀咕咕,说我是"烧山羊"。凉州话里的"烧",是发烧或烧坏脑子的意思,换句话说,很多人都觉得我的脑子坏了,有乐不享,偏要自讨苦吃。

你也许记得《猎原》里的黑羔子,他跟我有点像,他也是人们眼中的烧山羊。他读过书,有思想,觉得自己的放羊是在造孽,因为过多的羊在破坏植被,最终会导致土地沙漠化,这是在抢子孙后代的饭碗。因此,他总是拧了眉头,说些别人听不懂,也不爱听的话。他最大的苦恼,就是不愿混日子,却又不知道如何才能不混日子,如何才能活得像个真正的人。最后,他把自家的羊们一只只捅死了,然后大笑着走出沙漠,去寻找另一种活法。这其实也是我的写照。我也把庸碌的生活给捅死了,有一种破釜沉舟的狠劲。而我对庸碌基因的拒绝,就是我当时的出走。

有一年春节,我又提出要留在学校里看校园,领导当然批准了。接近除夕夜时,远处传来阵阵鞭炮声,欢天喜地的声音回荡在空空的校园里。我知道,老百姓们正在辞旧迎新,而我,却一个人在这"闹鬼"的所在享受着清净。不过,在这个阖家团圆的日子里,我仍会想起自己的父母,想起家里那个小小的院子——也许,我家的院子里,此时也在放炮吧?

过年前,爹曾来学校找我,希望我能回家过年。他说,你一年就这么个假期,还是回家住几天,一家人好好过个年吧。我知道,爹妈想我了。进城读书之后,我很少回家,但

第三章　步入社会

我还是拒绝了。我对爹说,我不回去。小孝是给您端茶供水,大孝是光宗耀祖,让您为我骄傲。我要做个大孝之人。您要相信我,我将来一定是个了不起的人。父亲叹了口气,就回去了。不过,虽然我说的时候很坚定,心里也确实很坚定,但是,望着父亲苍老的背影,我的心里,其实充满了一种说不清的感觉。

有时,学习累了,我也会去练武,但我仅仅是为了让身体健康,不至于英年早逝。我怕我过分的用功,会影响健康,所以,对于练武,我抓得很紧。

有个当地的农民曾说,小陈老师是个贵人,将来肯定了不起。他之所以这么说,也是因为我很用功,他说从来没有见过像小陈老师那样用功的人。不过,在当时,像他那样想、那样说的人不多。这一点非常奇怪。如果一个环境不随喜努力向上的人,认为人应该得过且过,就说明这个环境出了问题。什么问题呢?自己不再努力向上,也不允许别人努力向上,掩耳盗铃地想要维持一个小圈子的平衡。这种氛围的结果,就是向上的人会生活得非常压抑,如果不能走出去,就会被阉割或同化。

有一年春节,我仍然没回家,还在宿舍门口贴了一副对联,上联是"哎,谁家放炮",下联是"噢,他们过年",横批是"与我无关"。这是我当时的真实心境,但也为我招来了许多违缘。有人看到之后,便借题发挥,浮想联翩,给我安上了很多罪名。其中,也包括刘站长。刘站长再一次在全学区的师生大会上点名批评了我,他说:全社会都在大干社会主义,为啥与你无关?我当时听了,只觉得好笑,没有做任何回应,因为没啥好回应的。我写副对联,激励一下自己,关别人啥事?又跟社会主义有啥关系?日后若是我真成了作家,谈起这则往事时,人们肯定不会像刘站长这么想,他们只会说我刻苦努力,自强不息。后来果然如此,《大漠祭》出版之后,就有媒体专门报道这事。我读后,觉得非常有趣,人生就是这样,如演戏一般,不断变化着。

10. 处女作

在北安小学,我完成了自己的文学必修课和诸多的准备,还写出了第一部小说《风卷西凉道》。因为它最终没有发表,所以算不上我真正意义上的处女作。我真正的处女作,是发表在1988年第八期《飞天》杂志上的《长烟落日处》。不久之后,这篇小说获得甘肃省第三届优秀作品奖,我突然从名不见经传的文学青年,成了甘肃省知名作家。那年,我二十五岁。

《风卷西凉道》的主人公是武威一个很有名的民族英雄,叫齐飞卿,是北安人。在北安的时候,我听老百姓谈到过他的故事,很感动,于是搜集了很多关于他的资料,以他为主角,创作了这部小说。

以现在的眼光看,《风卷西凉道》写得不算好,还很幼稚,当时也没有发表,但它毕竟是我第一次真正地创作文学作品,不像以前,只是在记录生活。所以,直到今天,我仍然保存着它的初稿。后来创作《野狐岭》的时候,我重新用上了当时搜集的资料,甚至想将《风卷西凉道》的部分内容融入《野狐岭》中,因为有些突兀,最后没有加进去,但齐飞卿的故事留下了。《野狐岭》2014年由人民文学出版社出版,反响很好,还入围了茅盾文学奖。可见,我不是一个捷才,我的许多小说,都需要几年、十几年,甚至几十年的发酵。

在北安时,我曾借到一本很厚的大辞典,我很喜欢,就花了很多时间,对里面的内容进行摘抄、归类和重新编辑,但它后来并没有起到多大的作用。长期的摘抄对我最大的影响,就是让我养成了学习的习惯。现在,我在家里还会时不时地发现这类笔记本,里面的很多内容我都没有用过,也都不记得了。

看到它们时,我总会想起过去的那段时光。那时,我每找到一本书,就会大段大段地摘抄其内容,我根本没有想过,有一天,自己的文字会超过它们。当然,摘抄还是有意义的,因为,我在摘抄的过程中成长着,如果没有类似的那些笨办法,当时的我是很难进步的。

那时节,我的训练确实很笨,也确实精进到了极点,甚至近乎痴狂了。我经常强迫自己熬夜,半夜里也喝浓茶。如果肚子饿了,哪怕晚上一两点,我都会给自己做饭,吃完接着学习和写作。

在1984年1月28日的日记里,我写过这样一段话:"夜已经很深了,灌下过多的浓茶已经让我下泻,我像喝药一样喝着茶。我真苦啊!我多想吸烟啊!但我毕竟戒了它。"从这段话里,你或许可以感受到我当时的疯狂和痛苦。

那段时间里,疲倦感总是笼罩着我,我总是写不出好作品。我的灵魂深处总是充满失落和烦躁,我就像个无助的孩子,在冬夜里瑟缩着,没有奔跑的力量。但我的文字却越来越好了,细腻感性,富于想象,而且眼光独到,也有了写虚的意识。或许真是"文章憎命达",只有经历了坎坷、挫折与失落,灵魂才会有强大的力量,文字才会厚重。

那时,我常叩问自己到底缺了什么,但找不到答案。很多年后,我才知道这时的我缺了一种无我的慈悲,非常在乎自己的感受,因此心中才会充满焦虑。当然,我的心里也总有一种诗意,无论如何苦闷,它都鼓舞着我,温暖着我,所以我一直没有放弃。

当时,我最大的焦虑就是时间的飞逝,我总觉得生命如流水,自己却怎么都不能好好地把握住它。然而,我越是焦虑,就越是把握不住生命中的每一秒,于是陷入了恶性循环。那段日子里,我的每一本日记的封面,都写着这样的一段文字:"当你翻开日记时,你是否想到,自己已经把最宝贵的组成生命的材料无辜浪费了许多?你愿意这辈子庸庸碌碌无所作为吗?"我当然不愿意,我从灵魂深处厌恶庸碌。

焦虑加重了我对寂寞的感受,一种无人慰藉的痛苦,让我的灵魂更加孤独无助。我就像孤身一人走在撒哈拉大沙漠里,越过一个沙丘,又见到另一个沙丘,永远看不到尽头。没有水,没有粮食,没有互相搀扶的肩膀……我当时在日记里写道:"既然这个世界上没有你的知音,你就和自己说说话,请记下你艰苦跋涉的足迹吧!"你也许能感受到我写下这句话时的孤独。

现在回想起来,如果我没有信仰,真不知道该如何熬过那段时光。但人生是没有如果的——我有信仰,而且,艰辛的生活,苦闷的灵魂,都在推动我走向信仰,都让我的信仰变得更加坚定,因为我需要希望和救赎。也是因为有信仰,我的所有艰辛都变成了另一种乐,变成了笼罩在梦想上空的另一种光环,让我能越走越远。

所以,在北安的日子虽然不好过,但我还是有收获的。

除了文学上的收获之外,我也学会了做饭,这也是一个重要的收获。因为,这样我就能远离人群,独立生活了。

在北安,我待了很多年,其间,我给武威文化馆的冯老师写过一封信,信里说,我二十五岁一定会在甘肃成名,三十七岁一定会在全国成名,请他把我调到文化馆里,让我有个好些的学习环境——这类话,我跟当时主编《武威报》的老作家李田夫也说过,后来都应验了,包括一些细节,比如

《大漠祭》会在上海出版等等。而且,中篇小说《长烟落日处》发表,我在甘肃成名那年,刚好就是二十五岁。但冯老师并没有答应我的请求,他鼓励了我,还给了我一些稿纸,多年后,他在一次搬家中发现我的这封信,当时《大漠祭》已经出版了,也有了很大的影响,于是他联系我,提起了这件往事。他说,看到这封信的时候他笑了,心想,雪漠这家伙,十多年前就知道自己的今天了。

其实,冯老师当年虽然没有满足我的请求,但我是理解他的,对他来说,武威有无数个像我这样的青年,他能花时间给我回信,还能给我一些稿纸,鼓励我,已经让我觉得非常温暖了。

那时节,我很珍惜生命中的任何一点鼓励,每一点鼓励,都是我灵魂中的温暖,是前进的力量,是远方的星光,我在心里珍藏着它们。

11. 结婚

《长烟落日处》发表的两年前,1986年,我跟鲁新云结婚了。

在我家,我们兄妹五个,我是老大,爹妈当然很重视我的婚事,总想好好操办,不要让娃子受委屈,也不要叫村里人笑话。在过去的西部人眼里,儿子娶媳妇,是大事,马虎不得的。可那时,我还在乡下教书,很穷,家里的条件很有限,我们住的是土屋,睡的是土炕,实在没法操办得太好。但爹妈认为,家里无论再穷,宴席都一定要好。过去,妈常唠叨她的婚礼,说她当时睡的是漏洞百出的破席子,被褥等都是借来的,这件事,就成了爹的心病。爹下了决心,我结婚时,他一定要尽全力,给我做最好的宴席。虽然我不在乎这些,但我理解爹的心,就随了他。

我结婚时,娶亲的是一辆大卡车,新娘坐在驾驶室里,西客坐在后车厢里,一路尘土。到了咱家时,客人们都成了土人。跳下车来,他们都只顾拍土了。迎接新娘的,便是漫天的白尘,倒也好,真"白头到老"了。

那娶亲的司机,是我的一位叔叔,叫陈朝年,跟我爹很好。他在一家煤矿上开车,每次回家,爹都要请他喝酒,聊些家常。每次喝酒,他都会对我说,将来,你娶亲时,就用我的车。说了几年,我娶亲时,便用了他的车。当然是免费的。

我结婚时的宴席,也是一位本家叔叔做的。说真的,那宴席做得不太好,但爹不管这些。爹的心实,很憨,从来不去多想,他做事用人,都是那么简单,没有心机,没有算计。你让他算计,他撑破脑袋,也算计不出个子丑寅卯来。他做人,凭的只是良心。

因为自家经了婚事的麻烦,我总是害怕做这事。陈亦新准备结婚时,我就劝他旅行结婚,想去哪,就去哪。我实在有些舍不得花时间。

所有人都知道我珍惜时间,但很多人不知道,我就连自己结婚的当天,都在看书。爹急了,说你咋今天还在看书?我笑道,看书也结婚,不看书也结婚,我为啥不看书?爹当时哭笑不得,可我说的是实话。如果结婚就不看书,谈恋爱就不看书,生病就不看书,困了就不看书,忙时就不看书,我就会找到无数个不看书的理由。最后,我就会不学习、不写作。如果真是那样,还可能有今天的雪漠吗?

不过,陈亦新给我的回答是:我倒没啥,人家姑娘家,却想大办呢,您就随缘吧。于是,我只能随缘了。作为父亲,我尊重孩子的所有选择。

要是我自己,定然会不办婚礼的,我会带着我的新娘,悄悄跑到一个我们都向往的地方，去看看外面的世界，远离喧嚣的人群。

以前有个朋友，送过我一副对联：避人得自在，入世一无能。其实，我一向是这样做的。我一直很少见人。但陈亦新的婚礼上，我不得不见人了。也好，好些朋友，多年没见了，我也想见见他们。老祖宗常说"三十年河东三十年河西"，三十年前的那些朋友，今在何处？有没有变化？我倒很愿意顺着那时光的脉络，去看个究竟。

说真的，越活，我就越加珍惜生命中的相遇了，我觉得很多东西不用太计较。虽然过去有过不愉快，但每次想起过去，我还是感到温馨。

不过，我仍怕应酬，不喜欢混在人群里。有时间，我更愿意待在我的"关房"里——近三十年里，无论是西部还是岭南，或者是山东，我一直都有个"关房"，除了必要的体验生活和参加重大活动外，我常常离群索居，尽量与世隔绝——安安静静地做我该做的事情。有时是读书，有时是写作，现在又多了一项——写字画画。几年前，我开始画画，具象画方面，我只画鹰和骆驼；抽象画方面，我任自己天马行空，笔下流出什么，就是什么，始终有一种独有的味道，自由、童稚、拙朴。

12. 萌芽

1988年8月,我又到了南安中学,那时,《长烟落日处》已经发表了,学校里的很多老师都读过那篇小说,都对我刮目相看。

《长烟落日处》当年在省内得到了一致好评,批评家陈德宏先生专门为它写了书评,在书评中,陈德宏先生说,雪漠是一棵生机盎然的小树,日后必然成长为参天大树;还有学者将它和茅盾的《追求》、托尔斯泰的《童年》进行类比,说它虽显稚嫩,却有一种鲜活的、雪漠独有的东西,所以他断定,雪漠将来一定会成为大作家。类似的评价,当时有很多。

在80年代的武威,这是一件很了不起的事情,但我并没有感到满足。因为,我追求的不是这个东西。我虽然想光宗耀祖,也总怕被人笑话,将我看成吹牛大王,但我不是为了这些东西活着的。我总想用文字定格一种很快就会消失的存在,也总想为农民父老说说话。虽然我知道,小说改变不了任何东西,包括农民的命运,但我还是想在活着时,做点我能做也值得做的事情。

我知道,现在的一切,无论多么值得怀念,都会过去的。随着时间一点点地推移,它会完完全全被人遗忘。西部的变化虽然缓慢,但是,从我小的时候,到我写出《长烟落日处》时,西部人的生活方式已发生了无数的变化。以后会怎么样?曾经温暖过西部人心灵的一些东西——比如凉州贤孝等——还能存在多久?说不清。所以,比起为西部老百姓说说话,我更重要的写作目的,还是定格一种必然会消失的存在。那存在,不仅仅是物质层面的,也是精神层面的,尤其是后者。

当你用这个标准衡量《长烟落日处》时,就会发现,它虽然也有一定的成功之处,但它还没有完全实现我的追求。而且,它的发表一方面让我得到了鼓励,有了更大的信心,另一方面也给了我沉重的压力和更大的责任——我想写出更好的小说,为世界创造更大的价值。

因为过大的压力,我有很长一段时间写不出东西,即使有时能写出一些文字,也不是我想要的感觉。我能看出文字里的机心,有时,甚至会对自己写出的东西感到恶心。于是我屡废屡写,屡写屡废,底稿越积越高,成功的希望,一直很渺茫。那时节的我,陷入了一种浓浓的失重感,更加焦虑了。

我常对着书桌坐上几个小时,却一个字都写不出来,大部分时间里,我只是盯着面前的几张稿纸,期待灵感在不期然间降临,心里充满恐慌,却没有任何办法。诗意的管道被执着堵住了,生命中的污垢,在阻碍我流出灵魂中的文字,而我的人格,此时也没有达到我期待的那种境界。所以,我只有精进和努力地训练自己。

在许多作家的生命中,这种事情都经常发生,人们称之为瓶颈,但每个人的处理方法都不一样。我的方法,是修炼人格,破除生命中所有的执着,等待诗意管道的真正畅通。为此,我又修炼了整整七年,最后才写出我需要的东西——"大漠三部曲"。

前些年,"大漠三部曲"重新修订出版时,我又一次看了它们,看时,连我自己都流泪了。我想不到,自己当年竟然能写出那么朴素的文字。《西夏咒》之后的小说,跟我当年的小说,已不太一样了,因为我的关注点变了,智慧境界变了,人生格局也不一样了,我再也写不出当年的那种小说了。但是,我也很爱后来的小说,我明白自己会越写越好,越写越博大,我和我的作品,都会走进一个更大的世界,但也可能会越写越难读。当然,如果读者不怕难读,坚持去读的话,肯定能得到更大的收益。

1989年,南安学区举办了教坛新秀评选活动。当时参加的老师很多,我也参加了,还得了第一。虽然刘站长对我的印象不好,但大家还是选了我。按他们的说法,我跟第二名相比,水平高出太多了,不评我第一,良心上过不去。然后,学区就把我调到了中学。虽然这也很好,但对我来说,每次调动,都是一番折腾。某次,我就吓唬一个经常刁难我的领导说,你要是再折腾我,我就打你。我当然不会真的打他,但他当时信了,还吓坏了,因为他知道我武功很好。从此,他再也不敢刁难我,我终于过了几年安定的日子。

我的人生中,充满了类似的反抗,这是我的个性使然。我总是不愿让别人干涉我、侵略我、控制我,所以经常招来违缘。但是,我不想改变自己,就只有反抗了。我觉得,人活在世界上,必须有自己的个性,有自己的追求,要是为了不得罪人,连真话都不敢说,唯唯诺诺地过一辈子,就不可能活好,不可能得到自由,也不可能实现自己的价值。而我

第三章 步入社会

后来的经历,也证明了我当时的反抗和坚持是对的,虽然它们让我付出了代价,但最终没有让我倒下,而且我也实现了自己的梦想和目标,至今,仍在向前走着。

那时节,我总是提醒自己:这个世界上,除了你自己,没有任何人可以让你倒下。这是我一直的信念。我觉得,虽然左右命运的因素很多,也有很多事情是我们不能控制的,但说到底,命运的轨迹,还是取决于我们自己的选择——你选择了左边,你的命运之路就指向左边;你选择了右边,你的命运之路就指向右边。你的未来,永远不可能超出你的选择。有时,命运看起来跟你的选择不一样,其实只是你偶尔会选择错误,偏离了自己的轨道,干扰了命运的走向。所以,命运最终还是由选择决定的。

新秀评选活动胜出之后,我被调到了双城中学。双城中学也有宿舍,却不一定是独立的。我刚过去时,被分到了一间有电视机的房子里,那时,电视机很稀缺,不像现在这么普及,所以每天总有很多人来看电视。我的生活被整个打乱了,完全不能正常地读书、写作。于是我找到校长,要求换一间独立的房子。校长本来不太愿意,幸好有个叫杨金莲的女老师主动找他,说小陈老师要写东西——她看过

《长烟落日处》,知道我在写小说——需要安静,她不要紧,然后把自己的房间让给我住,她住进了那间电视房。

从此,我有了一个非常安静的房间,那房间在果园后面,校园的最南面,环境很清幽,我每天不上课时,就在那房子里读书静修,校园生活的一切喧嚣从远处飘来,就融入了树林里的虫鸣和鸟叫,形成一种独特的、自然的音乐,非常美。因此,我一直很感谢杨金莲老师,她给了我一个很好的写作环境,比我往日里待过的任何一个地方都要好。

那几年里,除了上课,我仍是离群索居,但我真正的写作并没有开始。虽然我也一遍一遍地写,就像西西弗斯一遍一遍地把石头推到山上,但西西弗斯的石头始终会滚回山下,我也始终没写出自己想要的感觉。1990年的某一天,我得了重感冒,提不起劲,没精神写小说,就中断了小说创作,开始写其他东西。

那时的我,经济上一直不宽裕,一个月的工资只有几十块,生活中出现了很多困境。为了解决这些困境,也恰好搜集了一些民间资料,我就花了一个多月,写了一部叫《江湖内幕黑话考》的书,寄给上海文化出版社,一方面帮助人们了解"江湖",另一方面为自己赚点稿费。没多久,书就出版了。那一年是1991年。二十六年后,中国大百科全书出版社将这本书修订再版,于是有了《黑话江湖》。

《江湖内幕黑话考》的稿费不高,只有几千元,但那时的钱很值钱,解决了我的很多困境。而且,虽然我觉得那书价值不高,也不算严格意义上的创作,但许多人都觉得它很有价值,出版后,再次在武威引起了反响。1993年,武威宣传部将它报到省上,获得了甘肃省社会科学最高奖。

当时,有个大学教授路过武威,见了我,很想让我考他的研究生,可惜我只有中专文凭。我就安慰他说,不要紧,我还是写我的文章吧,以后叫你的硕士、博士们来研究我的作品。后来,我的话再一次应验了,我的小说真成了北京大学、复旦大学、中央民族大学、同济大学、兰州大学等高校师生的研究课题,好些人都在博士、硕士学位论文中研究我的作品。

不过,我最看重的不是名声,不是奖项,也不是那笔稿费,而是因缘——因为《江湖内幕黑话考》在上海文化出版社出版,我认识了吴金海老师。当时,吴金海老师在上海文化出版社做编辑,他对我说,农民太苦了,你能不能为农民写一本书?我答应了。但我当时并没有想到,真正实现这个承诺,竟是十年后的事了。不过,我总算没叫吴金海老师白等。他看完那书稿后很是欣喜,立刻就送审了,没过多久,《大漠祭》就出版了。后来,他也做了《白虎关》的特邀编辑,他在《白虎关》的作品研讨会上说,跟他联系的作者中,我是唯一一个听他的话,拿出了过硬作品的人。

我们两人都兑现了承诺。

13. 异类

在双城中学教书时,我仍然在公开练武。刘站长一如既往地反对我练武,几乎每次开学区会议,都会批评我不务正业、文不文武不武。当然,他没有说错,从他的角度看,我确实是不务正业的。因为他的正业是教书,我的正事在他眼中,刚好就是闲事。

这样也好,他只是举着命运的鞭子,驱使我成长而已,我不怪他,甚至感激他。我也知道他和我不一样,他是一个没有梦想的凉州人,对当前的生活很是满足,也希望别人能满足。我不是这样,我总是想过一种不一样的生活。所以,一旦发现某种生活差不多要定格时,我就想换一种活法。

第三章 步入社会

有时,就连我的读书,也是为了感受另一种活法。

我喜欢将某一类的书读透,然后再读透另一类书。这种方法作为读书的方法很好,可以让我深入了解不同领域的东西,深入到最后,我就差不多可以跟这个领域的专家对话了。作为体验生活的方式,这种方法也很好,他让我看到了不同的世界、不同的活法、不同的角度,相当于有了很多段不同的生命。这种快乐,是刘站长们体会不到,也不感兴趣的。所以,他不理解我,始终想把我变成另一个人,我也能理解,但是我坚决不接受。

那时节,每天饭后的时间,便是老师们"打白铁"聊天的时候。老师们的话题总是很大,大家总是针对某个很大的问题各抒己见。我对这样的闲聊不感兴趣,因为我知道那只是一个游戏,不同的时期,就会上演不同的故事,时时变化,我不想浪费生命。我只喜欢跟自己的心玩游戏,那时节,我生命中真正的风暴,都发生在我的心里。

我也很喜欢自造的一副对联:"静处观物动,闲里看人忙。"除了每天上两节课之外,我把大部分时间都用于读书和写作。生活有一种宠辱不惊的味道,可创作效率一向不高,很少写出大块成篇的东西。这一点,陈亦新也像我。十六岁时,他就写了一部长篇,每天写,每天写,但一成长又会对写成的东西不满意,就再重写。只有到四十岁后,我的效率才真正提高了,时不时地,就能出一本书。有时,读者甚至会埋怨,觉得我出书太快,他们根本就读不及。原因是,我这时的创作,已经不是在写,而是在喷了。稍稍喷上一阵,就是一本书,看上去,沉甸甸的,倒也不是可有可无的东西。而且,初中便养成的搜集资料的习惯,也不断为我的血液注入新的营养,写小说时,那些营养就会渗入文字,流入笔意,让作品有了另一种味道。所以,我真正写作的时间并不多,读书、体验生活的时间更多一些,这也是"功夫在诗外"的意思吧。

那时,还发生了一件重要的事:我赶上了武威教委组织的一次教师选调。

这是教委主任蒲龙上任后才有的一种政策,此前,从来没有听说过老师还能通过考试进城。因此,很多乡下教师想调进城里,都不一定有机会。

不过,我之所以参加考试,主要是不想叫为我提供讯息的人失望,我觉得,他是一片好心,我应该珍惜。至于能否进城,我并没有真正放在心上。虽然在别人眼里,那是一个很大的诱惑,可望而不可即,但那诱惑,却动摇不了我的心,所以,才有了后来惊动整个武威教育界的"胡子风波"。

那时节,我们那里流传着一个"传说":小陈老师是穿着拖鞋上课的,而且他的头发长,胡子长。不过,这其实是真的,我确实没时间管外形的事。当时还有一个故事:有一天,一个同事理了发,很好看,我就说,等哪天,我闲了,也理一个这样的发型。有个女老师笑道,你也不要理了,先洗洗。另一个女老师又笑道,你也不要洗了,先梳梳。从这个小故事可见,那时的我,真的是连头发也不顾上梳的。

因为有另一种追求,我很早就破除了对外形的执着。但后来,我却渐渐地变了。我的包里,或衣服口袋里,总会装着一把小梳子,时不时就会拿出来梳梳头。因为,后来我走出凉州,见识的人多了,冷不防就会遇到读者,他们随时都会拿出手机、相机猛拍,有时还会往网上发。即使我再怎么大大咧咧,不修边幅,为了对得起大众,我也开始注重自己的形象了。

回头继续说我的那次考核。

那次考试,出来后,我听到一个长得有点异相的人——后来,我才知道,他叫杜祥,是教委副主任,管人事,是当时武威教育界仅次于蒲龙的人物——说,嗯,那家伙,头发乱乱的,穿双拖鞋,课却上得好极了。

后来,通过层层考核,我竟然考上了。

考核通过之后,许多人都来向我祝贺。

别说那时,便是现在,能进城,也是许多乡村教师的梦想。能进城工作,从此就成城里人了,当然会叫人羡慕。所以,在那时,即使你有了城市户口,吃着皇粮,但你人还在乡下,就还是个乡下人。乡下人在发展机会上与城里人不同。尤其是过去,城乡差距非常明显。

我考进城之后,家人也很高兴。记得那时的双城学区,只有我一个人考中了。在当时,这是个大新闻。那时,我被分到城里的共和街小学教书,我就去人事科开介绍信,到城里的教委报到。

人事科的科长小吕见到我,开玩笑道:你的胡子咋这么长?不行,你得剃胡子,你要是不剃胡子,我就不给你分配工作。

现在,我才知道他也许只是随口开了个玩笑,但当时我不知道。而且人事科里还有许多人,所以在那时,我就认真了,我从他的话里,听到了另一种味道。

一个人的西部 敬青春

沙漠里的芨芨草

◆ 芨芨草是沙漠里最有生命力的一种植物。沙漠里没有水,芨芨草却活得很好,还有一些虫子们,也活得很好。让我觉得很奇怪的是,这些芨芨草和虫子是何以为生的?这是一个谜。

洪祥镇三官庙

◆ 三官指的是道教三位天神，分别为天官、地官、水官。供奉了三官，便是祭祀了天、地、水，三官天神就能给老百姓赐下吉祥，帮助老百姓消灾解难。

洪祥镇文昌庙

◆ 村里人供文昌的所有目的,就是让这个地方出读书人。文昌庙也叫魁星阁。据说,供奉了魁星,考上功名的人就会非常多。文昌庙的背面是财神阁。很有意思的是,正面是文昌宫,背面是财神阁,中间有一个通道,是不是有点"学而优则仕"的味道?

我二十五岁时练武的照片

◆ 那时候我就留了胡须,所以看上去一点也不像二十五岁的年轻人。当时我在双城镇南安中学教书,那是我练武最勤的一段时间。每天早上都练武,每天练武的时间超过两个多小时,每天如此,这为我后来熬夜写作打下坚实的基础。

西部文化强调崇文尚武,西部人血液里有着尚武的基因。因为练武,我的身体一直很好,直到今天,身体、精力都是我引以为豪的。练武也让我的身上有了一种异常强悍的、越挫越勇的性格。它改变了我的气质,让我的生命中有一种永远打不倒的东西。

自古就有侠客梦，小院也是练武场

◆ 这是我在山东沂山的时候，在一座小院里练武，被观者悄悄拍下的一张照片。从小我就喜欢练武，我练武的主要原因在于，让自己有个强健的体魄、昂扬的灵魂。所以，武侠梦、武术爱好一直是紧随我生命的影子。

我和凉州拳师窦世民

◆ 与凉州拳师的交往，是我交际中非常重要的内容。除了采访对象之外，我的朋友很少，其中拳师是接触较多的群体。在与他们的交往中，我得到了很多珍贵的素材，像长篇小说《凉州词》中的很多素材，就是这个时候得到的。窦世民的爷爷窦拐子，他是《凉州词》中牛拐爷的生活原型。窦家的乱劈柴鞭杆，也是《凉州词》中牛拐爷独有的武林绝活。

凉州的茯茶

◆ 我们过去喝的茯茶，就是用这种茶壶熬的。茯茶现在还有，主要就是黑茶，来自湖南怀化、安化一带。现在的凉州人，还是喜欢喝这种茶，我们称之为老茯茶。一到冬天，火炉上就搁着这样的茶壶，茶壶里咕嘟咕嘟响着水开的声音，壶口冒出些许热气，茶香弥漫在屋子里，使得整个冬天都显得非常温暖。

我在黄河边留影

◆ 这是1988年中篇小说《长烟落日处》发表的时候,我第一次到兰州在黄河边的留影。大约二十五岁时,我第一次走出了凉州,看到了黄河,此前我从没有离开过凉州。说实话,在这张直愣愣的脸上显示出的沉思和老练,其实有一种年轻人想要变成熟的作意气息。

我与著名诗人公刘老先生

◆ 1992年，我参加陇南成县举办的同谷笔会时，遇到公刘老先生。当时，他已经名扬天下了，我看他，就像粉丝看崇拜的明星一样。当我谈到凉州文化时，他对我说，雪漠，你一定要以批判的眼光来看家乡文化。他的话一下子点醒了我。从那之后，我从对家乡的盲目痴迷中走了出来，学会用批判的目光来看家乡文化。

◆ 这是一张非常珍贵的照片。2000年10月,《大漠祭》出版,上海文化出版社举行了新闻发布暨研讨会。当时,社长郝铭鉴邀请我的父母一起来到了上海。这是他们第一次到上海。这一天也是他们一生中最开心、最快乐的日子。随后,责任编辑吴金海带着我们一起游览了上海,并去了南京,看了很多从来没有看过的地方,吃了很多从来没有吃过的美食。用我母亲的话说,在过去的几十年里,她一直是盆盆子下面扣着长大的。游览西湖的时候,在西湖的美景面前,母亲一次一次地发出惊叹,她觉得这辈子她没有白活。

前文化部长王蒙为我颁发冯牧文学奖

◆ 2000年4月6日,我参加第三届冯牧文学奖颁奖仪式。这次《大漠祭》获奖是雷达老师力荐的结果,此次获奖让广大读者知道了雪漠这个名字。

我在电视连续剧《大漠祭》开机仪式上（2002年7月）

◆ 因为电视连续剧的拍摄，《大漠祭》在凉州家喻户晓。中国新闻社的一个记者曾经在凉州等地做过调查，统计数据显示，凉州人当中有一半知道雪漠，而知道《大漠祭》的则是百分之百！

我接受美国 KTSF26 电视台采访

◆ 这次采访,时间是2006年10月17日,拍摄场景就在我老家的院子。院子里堆满了玉米,显示出一种丰收的气象。当时,父亲还活着——从我身后的那个角落里可以看到他的身影。父亲不知道电视台正在录像,当记者采访我的时候,我一回答,他便以"儿子的发言人"身份,发表他自己的观点,于是就出现了两个声音。记者出于礼貌,不好意思打断他,我就说,爹,你先不要说了,等我说完你再慢慢地说。现在,每当想到这个画面,我总是心中不由一笑。

我在武威一中参加校庆

◆ 这是2004年1月3日，武威一中举行校庆的时候，我与母校学生们的合影。在这次校庆中，我作为武威一中的名人，登上了武威一中校史室的名人墙。我和清华大学一位科学家分别排名第一、第二。那时候，孩子们都知道雪漠；雪漠的故事，也已成为催发他们奋斗的励志故事。

我和雷达老师在凉州街头听贤孝

◆ 2007年6月,雷达老师到凉州,我带着他到凉州街头听贤孝。那时候,雷老师身体很壮,还能打乒乓球,显得非常骁勇。我们很难想象,十一年之后,他会去世。雷老师身上充满着雄心和霸气,即便他安静的时候,我们仍然能感受到那股霸气。他的文风也是这样。但他晚年的时候,却显得非常无力,那股霸气也渐渐消散。他说上天正把赐予他的能力一点点夺回去了。从雷达老师的身上,我感受到了人世变迁的沧桑。

我在凉州教小学生写作文

◆ 早年,我在凉州办过作文班,每到假期的时候,很多孩子都跟我学写作文。培训效果特别好,像我的儿子陈亦新这样会写作的孩子,一个班里会有五六十人,可惜后来那些孩子都湮没无闻了。为什么?当写作不能成为生活方式的时候,即便暂时有较强的写作能力,渐渐地也会被生活消磨殆尽。这些有梦想的孩子,最后一个一个地在我的视野中消失了,再也找不到他们了。所以,梦想是个非常奢侈的东西,需要用心呵护。

我说，不进城可以，胡子是不剃的。

吕科长说，真的不剃？那我不开介绍信。

我说，那我就仍然回乡下去。

吕科长见我认真了，就缓和了语气，说，别急，你去跟你的家人商量一下。

我很干脆地说，不用了。我叫他马上给我开回去的介绍信。

在我的坚持下，吕科长给我开了回双城的介绍信，我就又回到了双城。

那时候我没有想太多，只觉得城里人看乡下人有种高人一等的优越感。那种眼神很令我不舒服，我毅然决定回去。

这事，在当时的武威引起了轩然大波，在武威的历史上，也许是第一次。

后来，有人告诉我，这事在教委也引起了不小的波动。有人认为我一个小小的乡下老师，无视教委的权威，太不识抬举，想将我"发配"到张义山区，叫蒲龙阻止了。

原武威教委主任蒲龙是个好人，他也是我生命中非常关键的人物之一。没有他，我还能不能成为今天的雪漠？

不好说。

　　不过,胡子风波并没有因此而停止,后来我借调进教委,再一次因为胡子,面临留下或回乡的选择。当时,工会赵主席找我谈话,说,要想待在教委,就必须剃了胡子。我笑道,教委可以不待,胡子是不剃的。因为上次的"教训",赵主席就没跟我开小吕那样的玩笑。再后来,教委梁书记也找我谈胡子的事,希望我能剃了胡子。我问,我留了胡子,是不是有人在告状?梁书记说,那倒没有。我说,那我就不剃了。再后来,某次开会,田市长见了我,也虎了脸问我,你是机关干部,为啥不剃胡子?我答,就剃,因为它把武威的经济都影响得不发达了。田市长听了哈哈大笑,说,不剃也好。从此,他一见我,就叫我胡子作家。当然,这是后来的故事了。因为第一次的胡子风波,我又在乡下待了好几年,后来才因为一个特殊机会,被蒲龙借调进教委。

　　二十多岁时,我就是通过坚守胡子,坚守个性和梦想的。在那段时间里,每天,我只要一照镜子,胡子就会提醒我:别被同化!战胜自己!我就能时时提起警觉,没有被红尘卷了去。

　　要知道,这世上,有许多比进城更大的诱惑,要是我为了进城,就剃掉胡子,改了个性,以后为了一个更大的诱惑,我也会剃掉个性中一些比胡子更重要的东西。要是我时时妥协,是绝不可能成功的。

14. 短暂的"流放"

我拒绝城市,回到乡下时,没有任何的犹豫和迟疑。

很多时候,我都是这样,不让自己有丝毫的牵挂。而且我没和任何人商量,也没做任何妥协,自己就决定了。我的这种个性,让我在人生的许多重要关口前,都能迅速地做出取舍。我很明白,自己这辈子是来做啥的,与梦想无关的事,我统统都会扔掉。而且,相较于城市,双城小学里那个果园旁的小屋,其实更适合我写作修行,我希望能回去。

但我遭到了拒绝——双城学区已经开出了介绍信,我已经不属于双城了,要双城接受我,就得取得刘站长的同意,可刘站长拒绝了我的请求。他的理由是:没有一个学校愿意接纳我。

这个理由是我不能接受的,它等于宣告,在双城学区,我是一个不受欢迎的人。于是,我借了一台录音机,采访了许多学校的校长,他们都表示欢迎我,没有人说不要我的话。为了更有说服力,我录了音,然后找到刘站长,给他听我的那些录音。

刘站长很不高兴,因为他没想到我会这么做,所以,虽然我拿来了录音,提供了证据,但他仍然不给我分配工作。没有工作,我就没有收入;没有收入,我们一家人——我、鲁新云和陈亦新,那时,陈亦新已经几岁大了——就吃不上饭,生活就会陷入困顿。我不能认命。

于是,我又去找镇上的尹书记,没想到尹书记也骂我傻。在他们看来,进城对我的人生是好事,我不该回乡下的。我便说了一通气壮山河的话,内容大概是我不想进城,只想为双城的教育事业贡献自己的青春,等等。在那时,这几乎是我最有效的自救了。我这么一说,尹书记就不好说啥了,只好叫辅导站给我分配工作。

现在想来,刘站长也许是为我好,想逼我回到城里。因为,假如我用他给的理由跟教委的人好好说一下,还是可以留在城里。毕竟,我的进城,是教委开会决定的,别人也不会说啥,只要我自己能稍微缓和一下,说几句好话,就可以挽回一些事。同时,教委的人也想找个台阶。但他们都

第三章 步入社会

不知道,在我眼里,城里乡里,其实是一样的——当然,现在我有了另一种看法,我明白自己当时确实太不识时务,太不懂人情世故,也太不懂收敛自己的锐气了。因为,在乡下待得太久,对我的发展来说,未必是好事,如果能早点离开那个偏僻闭塞的所在,我也许能少走很多弯路。但很多事情说不清,待在乡下,对心性的磨炼和成熟来说,也许是必需的——当然,刘站长也许没想这么多,只是觉得我太让人头疼,巴不得我离开。

几天后,我被分配到了比北安更偏远的河西小学,这次就不仅仅是惩罚了,真是变成一种流放了。但是,我不在乎这些,只要先有份工作能养家糊口,让自己和家人能吃上饭、活下去,我也有个落脚地,就行,其他的事情以后再说。

说来也怪,从那时起,我对自己就有十足的信心,相信自己不会永远被困在那个地方。这种奇怪的信心,几乎伴随了我几十年。无论是对文学,还是对信仰,我都非常自信。但与此同时,我又想战胜自己。因为我知道,只有战胜自己,实现超越,才能真正地改变命运。人与人最大的区别,不是财富,不是高权,也不是物质类的东西,而是心灵。心变了,命才能真正改变。所以,我一直在跟自己的内心做斗争，时时训练自己的心，让心灵自主而强大。

河西是双城南边的一个小村，很是偏僻。河西小学不大，有六个年级。我的宿舍在学校东面，是一个单独的房间，还有个废弃的院落，没人来。于是，那所在就成了我的乐园。

也许是出于对我的惩罚——他们认为的惩罚，其实是对我的馈赠——他们只让我带一年级的课，这是最轻松的活，因为根本用不着备课。因此，在那里，我度过了人生中最荒唐、最不务正业的一段岁月——我邮购了很多道家的书籍，进行系统的研究，收获了很多非常有意思的成果。那段日子虽然荒唐，却让我终身受益。

当时，我的研究甚至惊动了蒲龙——不断有人去找蒲龙，提到我当时的种种研究，于是蒲龙就对我产生了兴趣，想知道这个不肯剃胡子而回到乡下的青年，到底是个什么样的人。那时节，我的经历，无疑是有点传奇色彩的——不久，他就让教委副主任沈建华来调查此事。

沈主任来河西小学考察时，正好是我上体育课的时间。

1990年前后，按乡下小学的规矩，所谓的体育课，就是让孩子们自己玩耍，打打篮球啥的，老师是不用上课的，不像城里那么严格。所以,每到体育课,我就让娃儿们去打篮球,自己则在房子里读写。

那天,我正在房里用功,有人却忽然在外面砸门。我开了门,见一年轻人,他还显得特别激动。他喝问我,你为啥不上课?我觉得他很面生,不明来意,就拍拍他的肩膀说,安静!安静!那人显得越加生气,因为我那动作,一般是长辈对晚辈才做的。在他眼里,这显得有点放肆了。旁边的一个年轻人赶忙介绍说,这是教委的沈主任。

沈主任对我的第一印象显然不好,我不知道他那次是如何汇报的,便是我自己,也觉得那时的自己,不是一个合格的老师。倒是对娃娃们的文化课,我一直没有放松。误人子弟,如杀父兄。

又过了一段时间,某天我正在宿舍里读书,忽听有人大喊:陈开红!陈开红!其声如雷,响彻校园。

出得门来,见院里已多了一辆车,一人正大喊着我的名字。那人很胖,很高,很严肃。校长介绍说:这是蒲主任。

蒲龙对我吼:去取你的教案!我非常心虚地取来给他,他翻了翻说,你咋只备了这么一点?我也知道自己的教案不过关,因为我教的是一年级,对于那些拼音啥的,我很精通,就懒得备课。为了应付检查,我也写了些,但按教委的要求,肯定是不够的。于是我就对蒲龙说,教 a、o、e,其实是用不着备课的,我小时候就精通拼音了,都烂到脑子里了。

他笑了笑,又说,你要好好发挥你的特长,好好教娃娃写作文。

我说,蒲主任,一年级没有作文。

这一说,蒲主任笑了,对校长说,你给人家安排个高年级教教。

这是我跟蒲龙的第一次见面。

大概过了一个礼拜,我就接到了调令,进了城。听说,学区的刘站长还想压我,但蒲龙怒了,说,陈开红要是不来,你就叫站长来。刘站长于是急了,亲自来催我进城。真是有趣。

其实,生活有时比小说精彩多了。所以,我不时就会迷瞪了,不知道自己是在搞文学,还是在演戏?

从那时起,我又进了城。在河西小学,我只待了一年多时间。

15. 进教委

1991年5月,我进了教委——现在改称教育局——在那儿,我工作了十年。

虽然这是好多乡下老师都很羡慕的工作,但最初我仍然过得很苦,心情也非常糟糕。因为,我的工资很低,每个月买书后,连坐车回家的八毛钱都没有,只能每个周末骑着破自行车回家,每次都要骑上很长时间,想给儿子买点小东西,也没有钱。但是,我没有任何办法,我不能为了挣钱,就丢掉一辈子的梦想。而且,当时我只是借调,教委领导还在考核我——他们不知道我的底细,要是直接把我调来,他们怕管不住我,那时,我在学校里的荒唐,是出了名的——我还不算教委里的正式员工。

我在教委的第一份工作,是下乡采访、写材料。采访固然很好,它给了我走遍凉州大地、到处搜集小说素材的助缘,但写材料很让我头痛。因为,那是一种模式化的公文写作,跟文学创作是两套思路。丢掉《长烟落日处》的笔法,探求新的笔法,已是沉重的压力了,现在还要公文写作,我更是被压得喘不过气来。但人家调我进教委,就是为了让我写材料的,我不能有异议,只好硬着头皮写。

我每天都要工作到很晚,有时还要熬夜,实在没法像过去那样,花大量时间读书,每天早上,我仍三点起床写作,但心里仍流不出任何东西。某个月里,我用在小说创作上的时间只有一个半小时,读书只有三十三个小时,写材料却有四十三个小时。我实在担心,假如有一天,我习惯了公文写作,有可能就再也写不出好小说了。很多人都是这样,他们是因为才华进入教委的,最后却被教委的工作抹杀了才华。所以,我陷入了两难的局面:要提高效率,争取更多的写作时间,就要习惯公文写作;一旦习惯了公文写作,又可能会失去文学创作的能力。

那时节,唯有回家,见到家人时,我才会感觉到温馨,得到一种短暂的安宁。

我们那儿的人,结婚后就会跟父母分开过,我也跟父母分家了。我不在家时,鲁新云就一个人带着儿子,住在乡下。我每个周末都会回家,帮她做点脱麦子、收庄稼之类的农活。周日下午再骑车回教委。家里的幸福时光,总能洗净我一周的焦虑和烦闷。

在教委,我的另一个困境是没有独立空间。那时,我只有一个人静静地待着,才能写作,只要有一点声音,我就写不出东西。到教委后,我没有自己的宿舍,也没有自己的办公室,完全失去了过去的那种清静。最初,我很焦虑,老是写不出东西;因为写不出东西,我就更加焦虑了。于是,就形成了恶性循环。后来,我实在受不了,就跟办公室主任申请独立的工作空间,主任训斥我说,你咋那么多毛病?为啥一个人待着才能写出东西?他的话一下点醒了我,我发现自己确实很依赖环境。于是,我就开始在这方面训练自己。我觉得,我是改变不了环境的,因此只能改变自己。而且,大丈夫立于世,必须无所凭依,一旦有所凭依——不管是人、外物还是环境——都不可能自主、独立。

最初我很不习惯,身边一有人,一有响动,我就会觉得烦躁,感到一股无形的压力从四面八方涌来,心受到了牵扯,写作感觉也中断了。哪怕写的不是小说,而是教委的材料,也是这样。除非响动消失,身边的人也走开,我才能感觉到空气的清新,心灵才会舒展,才能写出东西。但是,有了对治的意识之后,就不一样了,每次发现自己变得烦躁不安时,我都会提醒自己:这是毛病,要战胜它。慢慢地,我就改了过来,随时随地都能写作。现在,就算走进喧闹的人群里,我仍然能像独处时那样专注。

不过,我的环境后来有了一定的改善——蒲龙把他房间的钥匙给了我,让我下班后在他房间里写作。再后来,一位叫王开奎的退休老干部,也把房间钥匙给了我,每到晚上,我就在他那个安静的小房间里清修。但是,我仍然没有走出创作的瓶颈,写不出自己想要的小说,更写不出长篇。我写了好几稿的《大漠祭》,都仅仅是中篇,也不能让我满意。为了练笔,我每天都写日记,在日记里学习写人,可不管我怎么写,都写不出鲜活的人物,也流不出我想要的文字。

生命在飞快地流逝着,无数个恍惚间,我总是看到,那个叫无常的魔鬼,正龇了牙对我狞笑。可我没有一点办法,只能等待转机。我唯一的希望,仍然是修行和读书。

16. 机会和折磨

我下乡考察的第一站,是大甘沟。

大甘沟之行,是我第一次真正进入山区。之前在《长

第三章 步入社会

烟落日处》中对山区的描写,完全是我想象出来的,进入大甘沟之后,我却惊讶地发现,大甘沟的生活和环境,竟然跟我在《长烟落日处》中写的一模一样。而且,那不仅仅是形似,也是神似,无论生活场景,还是人物感觉,包括对村落的描写,都像是在写大甘沟。非常奇怪。

大甘沟是凉州上泉乡的一个村,在张义山区,比较偏僻,有种《西夏咒》中老山深处的感觉。但那里的山很高,没有草,相对贫瘠,地无三尺平,所有耕地,都挂在山坡上,有雨就收,无雨就丢,当地所有人的温饱,全看老天爷高不高兴。

大甘沟学校旁边,有一座叫赵家岭的山,你站在山脚下,一抬头,就能看到山脊上的一座庄园。那庄园有种赫赫的气焰,很是霸道,创作《西夏咒》时,我就以它为原型,写了法王的居所,琼和阿甲找怙主时,攀登的就是赵家岭。

《西夏咒》中有这样一段话:"凉州人只觉这庄园凶,赫赫焰焰,气焰嚣张。它将整个山头都占了,立在墙上的垛口上朝下看,可以看见女人们撒尿时露出的屁股。村子里从此没有了秘密。每个人都觉脊背上多了双眼睛。后来,传教士约翰概括了那感觉:人家坐了上帝的位置。"这段话讲的,就是我在那庄园里的感受。

在大甘沟的一个多月里,我常去那儿,站在那里往下望,山下的景物——包括山两旁的村落——就一览无余了。我甚至为那些撒尿的妇女担心,若是庄园里的人存心看她们,她们家里那些矮矮的庄墙,是遮不住啥的。

按当地人的说法,在山脊上盖房子是犯忌的,是在欺负山神爷。那所在,是一处福地,能盖寺院,自家若是福小,是居不了这类地方的。我还听说,那庄园主姓赵,是当地的大户,仗着财大势大,才盖了这房子。

跟我一同去大甘沟的,有个叫明林的文学青年,他很有天分,出名比我早,但很快就从文坛消失了。在武威,我出名算是晚的,算起来,许多人的天分都比我高。可他们太聪明,就放下文学,干别的去了。明林也是这样,他很早就经商了,经商的同时还在上班。可想而知,别说文学创作了,连读书的时间,他可能都没有。

那时,我们每天的工作,便是采访,比如书中采访大甘沟小学的校长金万禄等。我在完成教委的采访工作时,也会顺便采访当地的民情——当然,对我来说,其实是在采访当地民情的同时,顺便完成教委的工作——那段日子里,我积累了很多宝贵的创作素材。《西夏咒》中飞贼雪羽儿的故事原型之一,就发生在当地。当地真有一个叫贺玉儿的飞贼,很是厉害,听过她的故事之后,我就打算把那故事写进小说里,但《西夏咒》的出版,却是近二十年后的事了。

写《西夏咒》时,我没用"贺玉儿"这个名字,因为它的读音跟我的一位朋友相似,为了避免不必要的误会,我就换成了"雪羽儿"。《西夏咒》中的许多故事场景,也都是发生在这一带的,比如书中谝子组织村里人在院中用飞石头砸雪羽儿,后来又叫人推着牛车碾断雪羽儿的腿——真实的故事不是碾断腿,而是挖了她的眼睛,现实有时比创作更残酷——还有许多内容,都是取材自大甘沟的,我不一一列举。所以,大甘沟之行,我的收获很大。

正式调入教委之前,我的工作很杂,除了采访和写材料,也会处理一些展览、公文性质的东西。若是以现在的眼光来看,那些工作也属于一种学习,能让我拥有另一种思维,也会带给我一种难得的经验。但那时,我跟现在不太一样,我还不能安住于当下,享受生命中的一切,对我来说,文学创作就是文学创作,处理文件就是处理文件,不是一回事。我把生命用在处理文件上,读书、写作的时间就少了,所以，这些工作对我来说，纯粹是一种对生命的消耗，没有意义。从时间的分配上来看，我的生命也确实大量地消耗了。

那时节，《大漠祭》的创作整个停止了，我写不出一点东西，只好读书。但因为事情很多，读书的时间也很少，1992年的整个10月，我的写作只有五个半小时，读书四十六个小时，写材料达到了五十八个小时。此外，家里也发生了很多必须处理的事情，比如，鲁新云的父亲得了病，在城里检查，发现是食道癌晚期，必须留在城里治疗，我就陪着老人到处找地方住；鲁新云的弟弟当时还是民办教师，我又帮着他转了正，这样一来，老人要是走了，就能走得安心些，我也算是报了恩；鲁新云自己也得了肝炎，我帮她买了几瓶药，吃完还没好，但再也没有钱买药了。另外，我还帮着朋友处理了一些事情。

总之，那段日子里，我被各种各样的事情牵绊着，疲惫不堪，焦虑烦闷，却不能拒绝。眼睁睁看着时间在流逝，我的心却不能安定，小说的创作也看不到出路，那感觉，真不好受。

17. 转折点

虽然刚到教委的时候很艰难,但那艰难并没有持续太久,六个月后,我被正式调入教委,我的噩梦也结束了。

原来,那六个月以来,教委领导一直在审核我的人品和工作态度,如果他们发现我有一点懈怠、懒散或不负责任,就会立马叫我回去教书,但我一直很努力,也很认真。于是,他们认定我是一个能干活的人,人品也很好,就结束了对我的考验。

没过多久,蒲龙还大幅减少了我的工作量,让我专心编写《武威教育志》。其实,那本书已经差不多编好了,只需要补充一些资料,不用花多少时间。而且,蒲龙虽然偶尔也会让我写一些材料,但都是重要材料,一般的材料,我已不用去写了。可以自由支配的时间多了,我就顿时从困境中解脱了出来,写作有了充裕的时间。

除了采访之外,教委最大的便利,就是查阅旧报纸,教委有很多旧报纸,从中,我找到了无数的创作素材。此外,我也开始看一些西方现代小说,例如卡夫卡的作品等,还开始看一些《正大综艺》之类的电视节目,吸收当代的营养。11月,我的读书时间大量增加,也有了外出采访的时间——我不用坐班,只要能完成手头上的任务,就可以自由地出去采访——我采访了很多人,包括《西夏的苍狼》中老梁爷的原型、《西夏咒》中一些人物的原型,还有一些非常神奇的人物,搜集了很多神奇的故事。

那时,我每天晚上都会整理录音资料,也会在日记里描写这些人和事,尝试将它们写成小说,但写得仍不顺利。所以,客观环境的改善,并没有让我的写作走上正轨。我始终对自己有一种期待,希望自己能写出比《长烟落日处》更好的小说。每次翻开它,我就会不由自主地想:我竟然写出了这么好的作品,以后,我还能写得出来吗?这么一想,我就会非常伤感,压力也更大了。

幸好,我的生命中有鲁新云的陪伴。在我看不到希望的时候,她给我的清凉,会慰藉我的心,缓解我灵魂深处的疼痛,但那效果只是暂时的。很快,我又会开始痛苦。我知道,任何人都解除不了这种痛苦,我只有在智慧上觉醒,或是在写作上找到出路,才会离苦得乐。

那时节,我常会找来凉州的民间古籍,和鲁新云一起抄下来保存。有时，鲁新云也会带上孩子，进城来看我。可当时我没有宿舍，没法让他们留在城里，只能带着他们到处转转，享受一下天伦之乐，然后送他们回去。我原本的计划是，等我条件好些，有了自己的宿舍，或是有了独立的办公室，就把他们接过来，这样他们就不用跟着我受苦。但1992年8月发生的一件事，却一下打乱了我的整个计划。

8月的某个周末，我回老家帮鲁新云干农活。当时，农民们正在收割麦子，收割完麦子之后，还要把麦子都垛成一堆。可我天生不会干农活，我刚一垛好，麦堆就倒了，再垛，又倒了，我非常狼狈。当时，我很希望村里人能帮帮我，可他们不但不帮我，还看我的笑话。我觉得没意思极了，就想把麦子全都烧掉，然后带着老婆孩子进城。幸好当时是个大风天，我怕引起火灾，就没这么做，但也不想在村子里待了。好不容易收拾好麦子，我就对鲁新云说，走，我们不种麦子了，我们进城。鲁新云就收拾好东西，带着孩子，跟我搬进了城里。

然而，这只是一时冲动的决定，我根本没有带他们进城的能力——我没钱租房子，也没有独立的办公室，他们母子俩连落脚的地方都没有。我没办法，只好让他们跟我一起住在办公室里。幸好当时跟我一间办公室的,是一个老头子,他不常来办公室。我就把行李放在角落里,在单人床旁边加了块木板,拿两张凳子架住。我睡在木板上,鲁新云和陈亦新睡在单人床上。这样过了很长一段时间,我才申请到宿舍,在城里有了真正的栖身之所。

那房子很小,只有十平方米出头,放上一个大书柜,一张小床,一张沙发,就没地方放别的东西了,但屋外可以做饭。只要能做饭,我们一家三口就能过上相对正常的家庭生活,我也不用叫弟弟陈开禄天天给我做饭吃了。

每天早上,鲁新云很早就会起床,然后叫醒我和儿子。我每天仍会给自己打考勤。有时,我们一家人晚上会两顺一倒地睡在床上;有时,他们睡床,我睡沙发。那沙发不像现在的海绵沙发,里面装的是弹簧,有点硬,睡起来不太舒服,我一动,它还会叽里咕噜地响。但毕竟跟老婆孩子住在一起,那小屋里,就充满了温馨。

当时,我家啥都少,唯独书多,我们的生活也一直很窘迫。有时,我们一家人连菜都吃不起,我只好在办公室里收些旧报纸,拿出去卖,才有钱买菜吃。很久以来,我连一双像样的鞋子都没有。可是,不管过得多么困难,我都会坚持

第三章　步入社会

买书。很快,大书柜装不下了,我就做了一个小书柜,放在大书柜旁边。但没过多久,它也被装满了。

我买书快,看书也快,发现重要的书时,还会一遍一遍地精读。1992年,我的阅读重点是佛学及文学经典,也读了一些大文化书和哲学著作。文学方面,我侧重读俄罗斯小说,比如托尔斯泰的一些中短篇,和《安娜·卡列尼娜》等长篇小说。

这时,我已经能读懂托尔斯泰,进入他的灵魂世界,跟他对话了。他心灵的宽广和悲悯深深打动着我,也给了我很大的启发。在他的作品中,我甚至嗅到了凉州贤孝的味道:它们都有历史画卷般的气势和价值,对琐碎生活的描写也很是到位,而且,它们的情感深刻而细腻,对人物心理的剖析也很深入,能让人产生强烈的代入感和灵魂共鸣。

发现这一点时,我突然有了一个想法:能不能像创作贤孝那样写作呢?于是,我开始尝试。

1992年,是我生活中不断出现转机和启迪的一年。

5月,我参加了陇南成县举办的同谷笔会,认识了著名诗人公刘老先生和他的女儿刘粹。公刘老先生是我很尊敬的一位诗人,跟他见面时,我充满感情地谈到了凉州文化。

等我说完之后,公刘老先生对我说,雪漠,要是你想成为大作家,就必须用批判的目光看家乡文化,不能沉浸在里面,一味地热爱。他这么一说,我就像醍醐灌顶一样,猛然惊醒,立马对家乡文化有了另一种观照。

另外,还有一位作家也给了我非常重要的启迪,他就是李本深。

李本深是著名作家,我们很投缘。那次笔会上,我们聊了很多,我还表现出一种对名人的崇拜,他就告诉我,雪漠,你不要崇拜他们,你越往前走,打倒的人就会越多,不要怕。第二天,我们一起参加聚会,很多人都说了自己的故事,他又问我,你今天有啥收获?我说,我记下了好些不错的故事。他说,不对,最有价值的不是故事,是这些人物本身,故事是可以编的。他的话,同样点醒了我。

我非常庆幸自己参加了那次笔会,也很是感恩自己能认识公刘老先生和李本深,他们都在我非常需要的时候,给了我文学上的重要启迪。踏上归途时,我有一种满载而归的感觉,非常幸福。

可一回到武威,回到教委,复杂的人事关系、诸多的烦琐事务迎面扑来,那种满载而归的感觉就消失了,生活又回到了原点。

与公刘老先生、刘粹、李本深等人的相遇,还在我的心头晃着,写作的感觉却像水里的月亮,怎么捞,都捞不着。流不出东西的挫败感,打碎了得到启迪时的喜悦,我又坠入了梦想和现实交织成的雾里。

不过,我还是试着写了一部叫《黑谷》的小说,后来也发表了,但我不觉得这算成功。因为,我写它时,真的是在写,而不是在喷,它没有浑然天成的味道,也达不到《长烟落日处》的水平。我真觉得自己没有才华,什么都没有,只有一颗热情的心。而我的探索,也像是梦魇,魇住了我的快乐,只给了我痛苦和热恼。但幸好我还有一颗热情的心,而且这颗心是不会死的,它无论遇到怎样的挫折,面临怎样的绝境,都不曾想过要放弃。

当时,我不知道这梦魇会持续五年,也不知道这梦魇五年后就会结束,但我始终守候着。所以,我不管多焦虑,也一直保持着高度的警觉,生怕自己被环境给吞了。

18. 梦魇和坚持

进入教委之后,我仍在给自己打考勤,在我还没能控制心前,打考勤的习惯我一直没有中断过。之所以我知道自己在哪方面用了多少时间,该如何调整,都得益于我的这个习惯。而我的考勤表,也是在清晰且忠实地记录着我过去的生活:哪个阶段,我把大量时间浪费在了可有可无的事情上;哪个阶段,我充分珍惜了时间,把最多的生命用在了读书、写作上,没有一点点浪费……类似的细节,我的考勤表都记录得一清二楚。假如这个考勤表能留下,日后就算我不在了,人们看到它,也会知道雪漠是怎样一步步实现自己的——当然,人们也可以看这本书,或《一个人的西部》。

从考勤表上还可以看出,正式调入教委之后,我的个人生活得到了极大的保证:1991年10月只有四十六个小时的读书时间,也上升为1992年2月的九十八个小时,而那个月,我写材料只用了六个小时,写作用了五十六个小时。这说明,蒲龙给了我极大的便利,让我能将更多的时间用于成长和创作,他在我最需要帮助的时候帮了我。所以,我对

第三章 步入社会

他一直很感恩。

那时节,虽然我已经不用在其他事情上花太多时间了,但我仍然在寻找一些能让自己更高效、省出更多时间的方法。在我试过的所有方法中,节食是最好的。当时,我曾依照特定的方法,让自己好几天都不吃饭。我发现,不吃饭能省下大量时间,头脑也会非常清醒,后来,我就一直节食,至今仍然如此。

当然,我不是不吃饭,而是每顿饭都吃得很少,主要吃菜,不吃主食,也不会吃得过饱。所有东西,不管多好吃,我都是尝尝便好,从不贪多。唯独坚果、黄豆等,我会多吃些,因为我们家以素食为主,平时需要补充蛋白质,而且我的脑力劳动时间很长,也需要补脑。但即便如此,我仍然不会贪嘴。

我对时间的节省,就像在饮食上的节制一样,一直伴随着我的人生。我始终提醒自己,生命很宝贵,不值得浪费在一些没有意义的事情上面。即使后来做到了心无挂碍,我也会每天很早起床。虽然有时觉得疲倦,但从不懈怠。因为我知道,每时每刻都有无数人在痛苦地死去,既然我还健康地活着,也知道了一些别人不一定知道的东西,就该趁自己能写作时,多写一些别人需要却写不了的东西,多帮一些需要我帮助的人。我还知道,除了这些,生命中的一切都留不住,因此意义不大,包括物质、利益、名声和享受等等。

不过,这些都是我后来的觉悟,1992年时我还没有达到这种境界,当时我执着于写作,始终想要写出很好的作品,想要成功。那种对成功的渴望,虽然很像一块大石头,压得我喘不过气来,但也像我心里的那口气,无论如何,这口气都不能断,断了,我就会放弃,没法继续下去,我的梦想就会彻底死亡。

1992年6月,我常到各个乡镇去检查工作,也经常跟着舅舅畅国权到处去拜访凉州的奇人,搜集大量的民俗资料,还不时到寺院里去,但写作仍停滞不前。

我始终等待着顿悟的来临,也始终期待着再一次的豁然开朗。

我已渐渐步入中年,这是那时我陷入焦虑的一个重要原因。自信和现实之间的落差,总像铁锤一样敲打着我,心里也总有一个刺耳的声音,会在不期然间惊扰我,让我开始怀疑自己。落笔很难,但我只能拼命地战胜自己。我知道,自己还没有放下对世俗生活的牵挂,有担忧,有畏惧,有渴

第三章 步入社会

望,那六根未净、充满热恼的灵魂,是不可能像雄鹰般飞翔的。

这时,我有个朋友开书店,积压了一批书,让我帮他卖掉。刚好,我已穷得连菜都吃不上了,就想了一些法子,很快把书给卖掉,赚了一些钱。从此,我发现了商机,也学会了赚钱。那时,我完全可以找到各种借口,让自己放下写作,去做生意,去当老板,去过舒坦日子,比如,老婆孩子跟着我一起挨饿呢,没钱咋孝敬父母,我可以一边做生意一边写作等等。我的一位伙伴后来就是这样。但我知道自己这辈子是干啥来的,就拒绝了。后来,蒲龙让我开教学用品公司,全市二十多万学生的教学用品都从我这儿批发,我也拒绝了。我知道,有钱很好,可以做很多事,可是,我这辈子不是来当富翁的。

对梦想的执着,让我放下了好多欲望,也放下了好多红尘的负累,我很少感觉到一般人的烦恼和诱惑,生命对我来说,也变得越来越简单了。它只有两条标准:第一,你能战胜自己吗?第二,你能实现生命的价值吗?但是,我没有意识到,那标准和梦想,也变成了桎梏心灵的枷锁,给我带来了巨大的障碍,我只是一门心思地想要改变现状。从本质上看,当时的我,跟拼命赚钱的人并没有什么两样,我们的区别,仅仅是追求的东西不一样而已。那执着,仍然给我带来了痛苦和热恼,让我不能控制自己,甚至影响了我的正常生活。

晚上,我总会像幽灵一样在街上游走,想找到一个能跟我谈文学、谈梦想的人,因为心里的渴望快要把我给压垮了,我总是感到窒息。我有时想,就这样殉文学吧!但灵魂深处的压力和焦虑,却让我难以忍受。我看不到一点儿希望,却也不想放弃,因为那是我生命的意义,是我活着的理由,我是不可能放弃的。而且,我还在自省、自律、自强,我的灵魂中,还有一种巨大的向往。我的心灵,当时就陷在这种纠结和混沌之中,充满矛盾和悖论,濒临死亡,却又一息永存。

当年,有个叫陈兰云的文友,也陷入了我的那种困境,可她没有信仰。有一天,她被渴望和现实之间的冲突折磨得实在受不了,只好跳入黄河自杀。其实,当年的我,也总想自杀,幸好我有信仰。因为有信仰,我的心底深处始终有一线光明,不管黑夜有多长,只要有了这一线光明,我就不会放弃希望,不会对现实投降。所以,陪伴我度过无数个黑

第三章 步入社会

夜的,其实不是我的家人,不是我的朋友,甚至不是我的文学,而是我的信仰。信仰让我的灵魂得到了慰藉,让我无论在什么样的困境中,都始终相信自己能走出去,能迈过去。因为,我最希望改变的不是世界,而是自己的心。

当时我并不知道,自己离成功其实不远,关键在于我还没有放下。只要我能放下一切,不要再有那么多的标准,不要再用概念桎梏灵魂的流淌,我就能写出好东西。而我的痛苦,就是因为我始终抓着必须放下的东西,始终不明白这是错误的。只有在我放下那些考量,为爱而写作时,我才能写出好东西。比如《入窍》,我写《入窍》的时候很快,虽然算不上一气呵成,比起现在,仍要慢上许多,但我写得非常酣畅,也很快乐。

它是《长烟落日处》之后的又一次灵魂喷涌,看过那小说的人,就知道我有了多大的进步——我学会了叙述,学会了对细节的描写,隐约有了后面的那种小说感觉。不同的是,《入窍》偏重于故事,灵魂方面的挖掘相对少一些,但里面的人物都很鲜活。不过,那稿子却被《飞天》杂志社否决了,没有发表。没发表也不要紧,我就留着,也不往其他杂志社发,只管继续训练自己。直到"大漠三部曲"出版的很多年后,我才把它寄给《中国作家》杂志,他们觉得非常精彩,马上就发了,没做一点改动。

可惜,那只是昙花一现的灵魂流露,更多的时候,我还是痛苦地坐着,常常一个字都写不出来。某个月里,我每天都在书桌前坐上好几个小时,但真正写出东西的时间,却只有三十二个小时,读书也只有四十四个小时。

焦虑让我忍受不了写作、读书之外的一切,虽然有些琐事是不得不处理,也应该处理的,但我心里仍然充满了热恼。尤其在打考勤的时候,我就会格外烦躁,因为很多生命都被荒废了,没有产生价值。

那时的我对待时间,就像葛朗台对待金钱,那计算,近乎吝啬了——写作、读书之外的事情,似乎都是在浪费生命,闲聊或应酬更是如此,每到那个时候,我就会格外地焦虑烦躁,缺乏耐性。所以,人们视为享受的一切,在那时的我眼中,反而都是负担。

那段日子,真的可以用"熬"来形容。

那时节我并不知道,自己已经在不知不觉中长大了。我读过的所有好小说,我读过的所有经典,我苦行僧般的写作,都在潜移默化地改变着我的心。我虽然没有完全打破心灵的桎梏,但那彻底自由的时刻,已在不远处等我了。

19. 弟弟的命难

1992年发生了很多事,但没有一件事给我的冲击和感悟,能比弟弟的死亡更大。

一天,弟弟陈开禄来找我,他说自己肋下长了个硬疙瘩,不知道是什么。我一摸,果然,便问他疼不疼,他说不疼。我说,也许是个脓包吧。他就到医院里开了逍遥丸,吃了好几天,可一直不见好,还越长越大了,那速度,很吓人。陈开禄有些慌了,又来找我。我安慰他说,不要紧,坏东西哪能长那么快,但还是带他去医院做了B超。最初,医生说是肝包虫,开刀把虫子取出来就没事了,可陈开禄上了手术台,还在没打麻药的情况下挨了一刀之后,医生却没把那"虫子"取出来,原因是,那不是肝包虫,是晚期肝癌。那消息,像闪电一样击中了我,我一下就懵了。

我做梦也没想到,二十六岁的弟弟,老实憨厚从不酗酒的弟弟,竟得了这种好不了的病。我突然有了一种噩梦般的觉受,瘫软像潮水一样涌向了我。我的心里冒出了很多念头,其中最让我为难的是,妈知道了咋办?那一刻,我特别希望一切只是一场梦,梦醒了,弟弟就没事了,还能像过去那样好好活着。

那段时间里,我一直看不到太阳,世界变成了灰白电影,我是穿梭其中的幽灵,所有声音都好像跟我没有关系,医院里的一切,显得很不真实,像是布景。我也变得沉默了。人前,我总是挤出笑来,似乎什么都没有发生;人后,我总是流泪。弟弟的病像心头的刺,时不时地,就会在我心里扎出血来。

弟弟确诊后的几个月里,我没去教委上班,一直陪着他。因为最初没把弟弟的病情告诉任何人,所有事都只能我自己扛着。没人可以倾诉,没人可以依靠,也没人可以帮我。有时,看到痛苦的弟弟,我甚至希望他早些结束这苦难的人生,不要再受苦。

陪伴重症病人是世上最累的活儿,因为他承受着巨大的疼痛,你总是在替他挨疼,也希望自己的挨,能真实地减轻他的痛苦,但你明知不可能,所以就会更累。有时,只陪了弟弟一个小时,我就累成泥了。后来,二舅舅畅国权和妹夫齐加平也来陪弟弟,我们就三个人轮班,每人一小时。

第三章　步入社会

那时,他们都知道弟弟得啥病了。虽然我们都希望弟弟的病能好起来,但他腹部的那个大球,却仍在吹气似的长。于是,我们只能默默地等待那个非来不可的东西。正是在那个时候,实实在在的生命,在我眼中彻底变成了一捅就破的肥皂泡。

弟弟睡觉时,我就坐在旁边读书。有时,思绪会像水一样流过。我想起好些小时候的事,想起我们俩一起走过的日子,想起他带着面粉来学校里看我,想起他憨憨的笑,想起他被人骂了之后通红的脸……我真的不敢相信,那个陪我走了二十六年的人,竟然很快就要从世上消失了。但是,看着他日渐消瘦的身体,看着他鼓起的腹部,看着他黄瘦的脸颊,我又不得不相信:我年轻的弟弟,正在不可阻挡地走向死亡。

弟弟这辈子,真的没有活好。他初中毕业就去卖苦力,供我读书,到死都是农民工。但有一次,我却伤害了他——当时,我们正在斗嘴,气头上的我冲口而出:"你不过是个卖苦力的!"他顿时怔住了,半晌后号啕大哭。他一辈子最在意的,就是自己的农民身份,为这,他一直很自卑,觉得自己比城市人矮了一截,但他没有想到,连哥哥也瞧不起他。

其实，我从来没有瞧不起他。对他，我有很深的感情，也很感恩。我明白，我能读书，也是因为他的付出，可一时冲动，竟说了不该说的话。我当时就后悔了，却无法改变发生了的事情，也不知道该如何向他忏悔。我想任时间冲去那记忆，可那画面，却成了插在我心上的刀子，而弟弟的死，又让我失去了忏悔的机会。他死后的许多个夜里，我都会从睡梦中哭醒，在孤独的空气中大叫着："弟弟，宽恕我吧！"但漆黑中没有回音。

我还会想起一件小事：很小的时候，我和弟弟都在上学，但家里穷，交不起学费，妈就养了鸡，攒了几十个鸡蛋——那时的鸡蛋，才两分钱一个——还安顿我和弟弟，见人就要问问，看有没有人要鸡蛋。于是，一个冬天的早晨，我们去队里的井上抬水时，看见村里一个有钱的女人，弟弟就问她：奶奶，你买鸡蛋吗？我们有些鸡蛋哩。那女人的老公当老师，她家算是村里最富有的人家，但她听了弟弟的话，马上把脸一黑，恶狠狠地说：不要！我家也养鸡！当时，抬水的人很多，弟弟的脸一下就红了。我嫌他丢人，也恶狠狠地骂了他几句。其实，要是弟弟不问，我可能也会问的，因为妈安顿过，只有卖了鸡蛋，我们才有上学的钱。后来，

第三章　步入社会

一想起弟弟羞红的脸,我的心就会扎疼。我很后悔自己骂了他。我想,那时节,我该骂的是那女人,不是弟弟。再后来,每当有人求我,我就会想到弟弟,就不会让求我的人失望。

弟弟1992年11月查出癌症,12月15日就走进了黄土堆,我目睹了一个健壮的生命如何衰竭、消失的全过程。当我亲手扬起一锹锹黄土,掩埋了弟弟时,我的生命里,就没了好多执着,名利啥的,真成过眼云烟了。

弟弟死后,家里的情况也非常糟糕,钱花光了,母亲也病倒了。她的大便里有血。我马上陪她去医院做检查,生怕她得直肠癌。幸好,检查了很多次,医生们都说,她只是得了痢疾。但我的心里,仍像揣了块石头般地沉重。

不久,小弟弟陈开青突然从新疆回来——他不知道陈开禄病危的消息,当时没有电话,我们没法通知他——回来时的他,舌头上裂开了好多血口子,非常吓人。我想,刚死了一个弟弟,这个弟弟咋也变成这样了?便带了他到处看医生。医生们都说不要紧,他慢慢调养,后来也痊愈了,就给我讲了很多故事。

原来,陈开禄去世时,他正在几千公里外新疆的森林里伐木。那时是严冬,风雪交加,他和同伴在齐腰深的雪地里走了好几个小时,差点冻死。后来,他们在一个山洞里躲了好久,才被几个哈萨克人救下。他说的故事,我都记下了,日后会写进小说里。

那段时间里发生的很多事,对我的冲击都特别大。虽然我一直把生死作为参照系,但真正遇到至亲的死亡和危难时,我还是很难冷静地面对。那时我才知道,什么叫真正地经历死亡,它跟你在电视里看到死亡不一样,甚至跟你亲眼见到有人死亡也不一样。它让我深深地体会到生命的无奈和无常。

那时的觉受,是我生命中最重要的体验之一。

过了两年多,我才真正缓过来,缓过来后,我就把弟弟的事写进了《大漠祭》。从《大漠祭》中,你可以看到弟弟从生病到死亡的整个过程,也可以看到我和家人的心灵历程。或许,你会看出一种感悟;或许,你会更懂得珍惜生命,在有限的生命中,做一些让自己觉得没白活的事情。

第三章 步入社会

20. 生命困境

对死亡的感悟,让我放下了生命里的很多东西。很多事对我来说,都没了实体,都像水泡般忽生忽灭。除了家人的健康,我好像什么都不在乎了。唯一鲜活的,就是弟弟的死。

但我还是写不出让自己满意的东西,有时,甚至写不出任何东西。1992年3月到12月,一共九个月间,我读书三百六十六个小时,写作二百一十七个小时,平均每天写不到一个小时。我没有任何办法,只好将几乎所有的生命都用于修炼人格。

在弟弟去世的第二年,1993年1月,我从喧闹的世界走进了宁静的小屋。

那小屋,在很早时便租下了,一直租了近二十年。一有空,我就会去那里待着。2008年我搬到岭南后,它仍留着。2011年回家时,我才把它让给陈建新。因为,那时的我,再也不需要小屋了,无论处在什么样的环境里,我都能安住在我的世界里,这世上,再没啥能打搅我的东西了。

从 1992 年 3 月起,我每天早上三点起床,读书、修心,到八点去上班;下班后继续读书、修心。安于宁静、一无所求的状态,让我有了一种定力,没被环境同化,也没有因为忙碌而丢掉我的追求。不管要处理多少事情,不管写不出东西时,我有多无奈,我都是宁静超然的。我很少去想发表、成功等等事情,只沉浸在一种宁静安详的氛围中,这样,我才没被纷扰的世事扰乱了心。

这段时间里,我也读了很多书,主要是俄罗斯文学。大部分小说,我只是通读,唯有托尔斯泰和陀思妥耶夫斯基的小说,我精读了好几遍,有时也会在书上做批注。那时我并不知道,当我爱上托尔斯泰和陀思妥耶夫斯基,还能在阅读中跟他们平等对话时,我的心灵已经非常强大,我的灵魂也开始独立了。否则,我不可能跟这两位世界级大文豪对话——一来,我不会有这样的自信;二来,我不会有这样的见识;三来,我的思考不会有这么深刻。我只知道,自己心里还是填满了写不出东西的焦虑。

一切我都可以放下,唯有写作、梦想和活着的理由,我放不下。每当我放下笔,走向世界,我的心里就会涌动着诗意和感动,可当我一提起笔,想要写点什么,那感动又会悄

第三章 步入社会

悄溜走,就像专门跟我作对的孩子。我觉不出它的可爱,只想好好写作。如果做不到,我的心里就会出现一种深深的恐惧和焦躁。在别人眼里,我已是一个文学疯子了。

《猎原》出版后,鲁新云读了那后记,才知道我当初的痛苦,她对我说:活该!孤独时,你为啥不找我?但她不知道,那时节,任何人都拯救不了我,让我痛苦的,是灵魂深处的一种孤独,不是无人相伴的寂寞。我需要的是明白,是解除灵魂深处的那种痛苦,让自己的心灵能焕发出智慧的光明,让自己因为智慧和慈悲而得到安宁。我需要的,并不是亲友的陪伴。但是,我一直都没有找到能令我彻悟的老师。我唯一的出路,就是拼命地读书。

那个月里,我读书九十八个小时,写作三十个小时,用于工作的时间,已经很少了——蒲龙给了我最大程度上的自由,不再给我安排太多的工作,只让我编《武威教育简报》,那报纸一个月才出版一期,编起来也不难,组稿时,还能随时下乡采访。于是,我有了大量的闲暇时间。除了处理一些必要的事情之外,我很少外出。但写作,仍然没有出现质的飞跃,那条系在我和梦想之间的红丝带,也发出了撕裂的声音。它和我的心灵一样,已经到了极限。

那时的我,陷入了生命中最大的困境。

21. 重生

1993年9月,我在日记里写下"时不我待,勤则成,萎则败"之类的话,想要激励自己读书,激励自己学习。但那时,理性的推力已不大管用了,我很想放弃。我觉得,如果一直这样下去,我一定会疯掉的,而且我很快就满三十岁了,还没有看到文学上的出路,我实在不想这样下去了。

犹豫到10月,我终于下定决心,不想当作家了,我不能让梦想毁了自己,更不能让梦想毁了我的家庭,给家里人带来痛苦。不过,我仍然每天读书,每天写作,因为我对文学和写作的爱,是没有任何目的的。

当时我并没有意识到,自己进入了最关键的一个阶段:破除最后的执着。

需要说明的是,做出决定的瞬间,其实我还没有真正地放下,突然没了目标的我,虽然觉得很轻松,再也不会觉得窒息,也不会再焦虑痛苦了;但另一方面,我陷入了一种巨大的失重感,对未来不免多了一些忧虑。我不知道自己将

第三章 步入社会

走向何方,不知道自己会有怎样的转机。毕竟,文学是我追寻了二十多年的梦想。

这时,我的面前出现了两个选择:第一,再一次拾起文学梦;第二,升华人格,消除欲望,放下对过去的牵挂,放下对未来的担忧,让心安定下来,让心博大起来,让自己拥有大爱和智慧。

我坚定地选择了第二条路,决定放下一切,修炼人格。

于是,我每天都在诵读经典,让经典中那种无我的慈悲一天天熏染自己,让自己的心变得安详、清凉,让自己一天天没了贪婪……慢慢地,我体会到了一种从未有过的自由和舒畅,能够心无所住地做一切事情了——包括写作。这时,我才真正体会到了写作的快乐。

我仍然经常去采访,仍然会整理采访录音,也仍然每天都在练笔,从外相上,所有人都看不出,我的心灵世界发生过怎样的变化。只有我自己知道,我的练笔,不再为了写出更好的作品,不再为了成为作家,甚至不再为了定格时代、传播善美。

我不为任何目的而写作,也不想将来会如何,心里少了很多负担,生活在我心中,也渐渐变得丰满。我有了无数的素材,也有了高于生活的"第三只眼",还有一颗一天天趋向于无我的心。

我放下自己在乎了十几年,甚至曾经视为生命意义的东西,破除了一切执着,终于有了真正的专注力,有了真正的信仰,也进入了真正的写作。

每天,我仍会读书,但我读过的书——尤其是俄罗斯文学作品——都会很快变成我的营养。到了睡觉时间,我就像饱乳的婴儿那样,心满意足地安然入睡。

于是,1993年11月的某一天,我突然写出了短篇小说《新疆爷》。

看过那篇小说的朋友会发现,我的文学实现了一次超越。那小说没有太多的情节,主要就是写人。但是,因为我笔下的人物有着饱满的灵魂,非常鲜活,所以那小说就像浸透了生活之水的玉石一样,散发着迷人的光泽。许多人都说,新疆爷就像一个活在自己身边的老人,虽然他有着跟别人不一样的品格和智慧,但他的质朴,让他显得非常真实。有人还说,那小说,就像一缕清风,足够真诚的读者,甚至能从那风中,嗅到淡淡的清香。

《新疆爷》一发表,马上获得了甘肃省"华浦杯"短篇小

第三章 步入社会

说大赛的二等奖,但它没有形成《长烟落日处》那样的轰动效应。直到2008年,法国的一位汉学家才发现了它。2012年,《卫报》——英国最有影响力的报纸——将其全文翻译发表,并称之为当代中国最优秀的五部短篇小说之一。

不过,它轰不轰动,什么时候轰动,其实我并不在意。我只是享受写的过程,写出它后,世界会有怎样的反应,跟我就没有太大的关系了。我知道,这一切都是游戏,哪怕有再多的人鼓掌,那掌声也总会停下来的。重要的不是掌声,是这部小说里到底有没有真东西。

当然,那小说,也是我当时心灵境界的一种显现,而那新疆爷,虽说有生活原型,又何尝不是另一个我呢?文章就像一面镜子,永远高不过作者的心。

写出《新疆爷》,并获得成功之后,我并没有把生活的重心移向写作,生活习惯也从节食改成了过午不食,只吃早饭和午饭。读书的时间仍然很多,还是以托尔斯泰的小说为主,长篇和中短篇我都看。

那段时间里,我写作的时间少了很多——我不再逼着自己写小说——应酬也少了,但我经常外出采访。回到家,我就整理采访录音,有感觉了,就写成小说,没感觉时,就练笔,不强迫自己创作。不过,自从写出《新疆爷》后,灵感就成了常客,短短一周内,我写出了五六个短篇小说,如《黄昏》《磨坊》《丈夫》等。

《掘坟》也是那个阶段创作出来的,写它,我也只用了一个晚上。它的文字感觉已经非常成熟了,后来,被人民文学出版社编入《21世纪年度小说选:2002短篇小说》,再后来,又成了《白虎关》的一部分。

所以,我对梦想的放下,恰好成全了我的梦想,让我实现了文学上的重生。

不过,我虽然在心态上放下了梦想,也不再强迫自己创作小说,但我并没有放弃梦想,还在坚持练笔和写作。如果我彻底放弃了,不再练笔和读书,也不再采访,我就永远都不可能实现我的文学梦想。

放下和放弃,是不一样的。

22. 剃发

1993年农历十月二十,我三十岁生日。那天,我到理发店剃光了头发、胡子,还想剃眉毛。理发师傅说,眉毛剃了,可就再也长不出来了,我说那就算了。

　　武威文联在自己的大院里给我提供了一个住处,就在《红柳》编辑部里,除了鲁新云,我没有告诉过任何人。不用外出办事时,我就一个人躲在里面,每天就是读书、写作,不做别的事情。我每天只吃一顿饭,鲁新云给我送。

　　那时节,我的心里有种说不出的轻松,因为我像剃光了头发那样,放下了生命中所有的负累,我已没有了生命中不可承受之重。剃头,只是我对生命和世界的一种表态。

　　不过,我对时间更加珍惜了,连休息时间都不放过。一直在读佛经和文学经典,比如《战争与和平》《安娜·卡列尼娜》和左拉的一些小说等。常有一种说不清的感觉在告诉我:你的生命中,很快就会发生一件大事。我隐约感到,那也许是飞跃,但我一点也不着急——我甚至有点享受了。

　　蒲龙是我特别感恩的人之一,他实在给了我太大的自由。那时,我不用坐班,也不用参加教委的大部分活动,只参加教委在每个学期前两周的下乡检查。因为,下乡时,我可以到处去搜集素材,还可以随时采访。所以,外界对我的纠缠越来越少,我也将很多牵扯精力、消耗生命的东西都过滤掉,不再牵挂它们了——后者才是最重要的——我不再压抑,变得越来越宁静,心中也常有一股大美在涌动着。于是,我的写作风格就自然而然地变了。

1994年9月,我仍独自住在文联提供的房子里,家人住在教委宿舍。我每周都尽量把必须处理的事情集中在周日完成,不能等到周日再做的事,就尽量安排到下午。其他时间,尤其是凌晨三点到中午十二点,我专注于读书和写作,重点读陀思妥耶夫斯基的作品,也读了一些其他作家的经典作品,比如司汤达的《红与黑》等。几乎所有牵扯精力的可能性,都被我杜绝了。

那时节,我虽然热爱人类,但我始终远离人群。

1995年8月,文联不再给我提供房间,我就在一个叫雨亭巷的地方租了房子。

在我的作品中,"雨亭巷"曾多次出现,《西夏咒》中的雪羽儿背着她的母亲去石和尚的寺院时,沿途就路过了雨亭巷。《西夏的苍狼》中的东莞大杂院,原型也是这个雨亭巷。

我在雨亭巷住了很久,因为那里的租金不贵,而且那里住着形形色色的人,我可以接触到另一个世界。

我选了一间没有窗户的小屋子,采光和空气的流通,全

第三章 步入社会

靠屋顶上的那扇天窗。冬天非常冷,我就买了一个小电炉,每天都开着。不过,那冷,倒也符合我的心意,因为这样我就不会昏昏欲睡了。当时那昏暗的氛围,也很是适合写作。正是在那个昏暗寒冷的小屋里,我写出了《猎原》。

我给这间小屋起了一个有点武侠色彩的名字:红云窟。

生命进行到这个阶段时,我的人生中就出现了很多有趣的现象,例如,我在雨亭巷租的房子很破旧,屋顶上有个大洞,一抬头,你就能看见一小片蓝天和白云。所以,以前一下雨,屋里就会一片汪洋,可当我住在里面时,它却从来没有漏过雨。有一次,连续下了十几天暴雨,屋外一片泥泞,屋里却不见滴水,就像有一种类似于玻璃的物质,悄悄地挡住了房顶的破洞。房东对此也很是奇怪。

那段时间里,宇宙中似乎有某种东西,正在对我表达着它的尊重。

而我的心灵境界,也跟过去大不相同了:1995年后,我总是处于一种极致的宁静之中,无嗔,无贪,无疑,非常安宁。就连别人骂我,我也如如不动了。我再也不执着任何东西。

很多人当然不理解,只觉得我是怪人——我的人怪,我身边发生的事情也怪。同样让他们无法理解的是,我正值壮年,也不孤僻,却像独居老人一样深居简出。有人于是说,小陈老师肯定有病,不然他怎么没有女人呢?我听了,只觉得有趣,却不解释。

1995年12月,我的生活方式发生了一些变化。因为教委准备盖职工宿舍楼,每个职工只要交上两万多元,就能住上楼房。所以,我每天早晨、上午、晚上读书和写作,下午就出去为生计奔波。不过,这种生活不长,只持续了一两个月。因为,只要赚够了需要的钱,我就会立刻恢复原先的生活,不再为琐事消耗自己的生命时空。我的生命,要用来做一些别人做不了的事情。于是,鲁新云就帮我承担了大量的琐事。

那时还有一个变化,就是我不再让鲁新云送饭,我自己做饭,仍然一天只吃一顿。但鲁新云有时还是会来看我。

有一次,我出去办事,回到房间时,发现门上夹了张纸条,纸条上只写了一句话:"睡觉记得开着窗户,要是空气不流通的话,会煤气中毒的。"是鲁新云的笔迹。简简单单的一句话,没有表白,也没有倾诉,却有朴实而滚烫的温度。我知道,写纸条的那个人,无时无刻不在牵挂着我,无时无刻不在守护着我，无时无刻不在成全着我的追求和梦想，即使她非常清楚，我追求的是放下一切牵挂，承担一种更大的牵挂，那牵挂里虽然有她，却不可能只有她。

23."一夜成名"

1997年，我们一家人住上了新楼房。楼房坐落在甘肃武威职业中专的大院里，是教委的职工家属楼。从那一天开始，我终于在武威城里有了自己的房子，但只有我的家人住在那里，我一直没有搬回去，仍然一个人住在外面。

当时，我已经不需要再写日记了，《大漠祭》的写作，也是断断续续的。而且，我不是从头写到尾，而是有感觉了，就写一段，再有感觉了，再写一段。所以，《大漠祭》的初稿不像小说，倒像是一部由无数个生活场面组成的散文集，分成一段一段的，这一段和上一段之间，可能没有任何关联。但不要紧，农村生活已进入我的血液，故事是现成的，人物也活过来了，那些内容之间，定然不会有大的冲突，我只需要根据逻辑关系调整每一段的顺序，把它们串联起来，再做一些过渡性的增补和艺术上的打磨，就可以把它寄给出版社。

《长烟落日处》发表时,有人预言我会成为大作家,他们对我的评价很高,期待也很高。可他们想不到,我竟整整沉寂了十年。当时,家乡一片嘘声,很多人都觉得雪漠已经不行了,江郎才尽了。有人还在报纸上发表了一篇文章,说,曾经有一位作家,二十五岁就写出一篇优秀的作品,让人刮目相看,但他从此之后,再也没有写出一篇像样的作品来,他选择了开书店,生活倒过得很滋润,他算是选对了自己的位置。我看了那报道,心里就偷偷地笑。因为,我对《大漠祭》很有信心,我知道,它一定会马上遇到伯乐的。对此,我从不怀疑。所以,我当时就想,《大漠祭》出来之后,那人会不会很不好意思?我想他肯定会的。

其实,那个人没有说错,我确实过得很滋润。教委主任蒲龙和继任他的李宝生都没有给我安排具体工作,只让我不定期地办一份报纸,我心里又没有任何执着。无论心灵还是生活,我都非常自由。也像他说的,我家开了书店,但我嫌管理书店太花时间,就把它交给鲁新云打理,我仍然专注于读书和写作。每天,我仍然早上三点起床,生活过得非常轻松惬意。

第三章 步入社会

当然,我认为的轻松,在别人看来,也许就是一种紧张。因为我整天都在看书、写作,没有任何娱乐消遣。虽然我偶尔也会出去,但一般只是采访,为日后的创作积累素材,有时,我也会做一些运动。但总的来说,我的生活内容非常简单。这种简单,可能是很多人不一定受得了的。他们不知道,他们眼中的乏味生活,正是我心目中最好的生活,它给我的快乐,是任何享受都比不上的。何况,我活的每一天都在创造价值,我没有白活过一天。对我来说,这就是最好的人生。

我完成《大漠祭》的所有串联打磨工作时,已是2000年了。那散乱不堪的稿子,终于成了一部完整的长篇小说。当时它不叫《大漠祭》,而叫《老顺一家》。

我将内容梗概同时发给了十家出版社,也包括吴金海老师所在的上海文化出版社。当时,我不确定吴金海老师还记不记得我们的约定,因为,毕竟已经过去十二年了。但没过多久,有六家出版社都给了我回复,说他们想出版这部书,上海文化出版社也在其中。于是,我就把稿子给了上海文化出版社,责任编辑就是吴金海老师。

上海文化出版社收到稿子之后,从责任编辑初审,到编辑室主任、副总编辑复审,再到总编辑终审定稿,竟不足一个月。一个月后,《大漠祭》在上海出版,没多久就引起了甘肃作协主席王家达的重视,王家达又将它推荐给雷达老师,雷达老师看完,评价极高,又推荐给了很多人。在雷达老师的力推下,《大漠祭》在全国引起轰动,登上中国小说学会2000年中国小说排行榜,获得第三届冯牧文学奖、第四届敦煌文艺奖、甘肃省第二届精神文明建设"五个一工程"奖等大奖,后来还被选入《中国文学年鉴》。我几乎在迅雷不及掩耳之间,成了"著名"作家。于是,我的"一夜成名",就成了一些文学青年心中的梦想和童话。

不过,我的心早就变了。

过去,我很在乎自己能不能成功,但从弟弟去世时开始,我就不那么在乎了。因为我发现,面对死亡,很多东西都不值一提,包括"一夜成名",甚至也包括生命、幸福、健康等。世上没有永恒的物质,唯有真理才能永恒。明白这道理之后,活在当下的安详、宁静、清凉和明白中,不去执着很多东西,这是我们唯一能真正拥有的。

所以,虽然《大漠祭》给我带来了名利,但我并不在乎,我仍然安住在自己的世界里,读书、写作,过着我几十年如

第三章 步入社会

一日的生活。但那生活状态,当然也已经变化了——我已进入了智慧写作的状态,无论什么时候,我都能写作;无论什么时候,我的生命中都有一种大乐。写作时,我既心静如水,又大乐充盈,文字不断从笔下喷出。2001年4月,新华社报道《大漠祭》进入中国小说排行榜时,我已完成了《猎原》初稿,并且开始修改了。所以,比起《大漠祭》,《猎原》显得更加自由博大,也有了一种人类眼光。这种变化,也是我心灵的变化。我的写作,已不再为自己了。

我的工作也有变化,《大漠祭》出版前期,我从教委被调到了东关民族小学。当时我正在创作《猎原》和《白虎关》,而且我的状态非常好,文如泉涌,欲罢不能。为了不让坐班讲课影响小说创作,我提出返还大部分工资,以勤工俭学的名义跟学校签订合同,这样我就可以不再坐班,专心创作了。

直到2000年,我从东关民族小学直接调到兰州,成了专业作家,结束了长达十多年的教育生涯。按《小说评论》原主编李星先生的说法,这时,我完成了一个从小学教师到著名作家的"神话"。

确实,1988年动笔,2000年《大漠祭》在上海出版,其间几易其稿,草字百万,拉拉杂杂写了十二年。其中甘苦,一言难尽,仅仅只是记录一些点滴,就足以让我写成书了,可见,一个人想要实现梦想有多难。但是,我的命运是真的因它而变了。后来,《大漠祭》又接连评上上海长中篇小说优秀作品大奖等奖项,入围第六届茅盾文学奖和第五届国家图书奖,北京大学的洪子诚老师主编《中国当代文学史》(北京大学出版社,2010年1月版)时,也提到了它,它成了当代西部文学的标志性作品。后来,《猎原》《白虎关》出版,我更是改变了命运。

只是,当我真正改变命运时,却已不在乎它了。命运对我来说,变成了一个概念。我只是不断做着自己愿做的事情。只要有了一种浓浓的感觉,我就创作。而每写完一部书,搁笔之时,总有一股浓浓的沧桑扑面而来。我不知道,自己是不是写出了眼前的一切,面对这个世界,我总是难以表达。

最初发愿写《大漠祭》时,我二十五岁,风华正茂。《白虎关》出版时,我四十六岁,须发斑白。二十多年来,我经历了风风雨雨,也经历了无数的灵魂叩问,既完成了最初在文学上的梦想,也收获了一个更好的自己。就像我在《白虎关》的后记中写的:"这二十年,从表面看来,我只写了一家农民。其实,它更是我最重要的一段人生历程,我完成了从文学青年到优秀作家——我自己这样认为——的升华。不管我写的有没有价值,但至少做到了一点:我奉献了黄金生命段里的全部真诚。"所以,对过去,我是无悔的。

此后,《西夏咒》《西夏的苍狼》《无死的金刚心》《野狐岭》也出版了,我不断在挑战自己,不断在挑战新的领域、新的形式。不管读者们喜不喜欢,我都实现了生命的一次又一次超越。它们不是那种中规中矩的小说,只是我想说话时,从心中喷出的另一个生命体,它们有着自己的灵魂,不是我能够控制的。

不可否认,我的文化书给我带来了更多的读者,但比起诸多的文化著作,我花心血更多的,还是小说。它们真正渗透了我的生命智慧、人生体悟,不读它们,你就不可能进入雪漠的灵魂世界,也不可能了解雪漠真正的创作。

我曾说过,托尔斯泰哪怕一篇短短的小文章,也有他独有的气息,我其实也是这样。这种气息的源头,便是我的智慧和体悟,也是我承载的文化。它们扭结成深深的"雪漠烙印",打在我的小说中,包括我早年的短篇作品

《新疆爷》等。

我正在走向更大的世界,我的创作,也已超越文学的局限。我希望,我的创作永远不会被形式、平台、身份、文化、民族等局限。诸多的概念和局限,都是我要打碎的东西,它们只会成为我创作的营养,而不会成为我的枷锁。我还希望,我的创作能在普世性之外,保持一种独特性。这种独特性,来自生我养我的西部土地、西部文化。无论我飞向哪一片天空,西部大地始终是我心灵的厚土,它在不断为我的创作输送营养。我生命的大树,也许会成长得越来越茁壮。

一切,其实才刚刚开始。

于是,我写了《雪漠铸心铭》,时时默诵,来提醒我的每一个当下——

> 雪漠是天空,能容诸云翳。
> 风云和雷电,不染自然智。
> 雪漠是大地,能纳诸垢污。
> 污辱与诽谤,庄严此沃土。
> 雪漠是大谷,低至最低处。
> 百川入海时,汪洋成大池。
> 雪漠是清风,清凉遍天地。

不与人诤论,柔和拂万物。
雪漠是细雨,无声而润物。
静享平常心,广行平常事。
雪漠如大日,遍照诸有缘。
香花和毒草,温暖同施予。
笑对红尘事,善待情与器。
与人皆是善,不生分别意。
给人好心情,广行法布施。
空谷生大鸣,和风吹香气。

感恩相遇(跋)

  正如佛家所说的,万事万物皆因缘聚合而生,我的成功,也不是我一个人的努力便能达成的,其中,包含了很多人的付出。我一直说,没有他们,就没有今天的我,更不会有以后的我。过去、今天、未来,我的所有成功,都不是我个人的成功,而是我和所有帮助过我的人共同的成功,我衷心地感谢他们——除了感谢他们的帮助和关怀,也感谢与他们的相遇,在漫长的人生中,在茫茫人海中,能遇到他们,是我们之间的缘分,也是我的幸运。
  另外,在这里,我还想用不长的篇幅,再谈谈其中的三个人。

首先是我的妻子鲁新云,在本书中,我经常谈到她,也说了很多与她之间的故事。在我心中,能够与这样的一个女人相遇、相知、相携,是世界上最美好的故事。她从十八岁便开始等我,一直等到今天。那么久以来,她从来没有埋怨过我,也从来没有给我制造过任何难题,相反,她始终在帮助我解决难题,也始终在支持我、尊重我,为我的选择提供方便。我的生命中出现过很多贵人,但她绝对是不可忽视的那一个。我的人生中若是没有她,定然会少了很多精彩。她用自己的生命成就了我,也用自己的生命成就了儿子陈亦新,现在,她又将生命献给了陈亦新的女儿陈清如。从她十八岁起,她便没了自己。她是一个非常了不起的女人。

然后,是我的儿子陈亦新。从出生起,他就不像别的孩子那样,能拥有完整的父爱,他始终跟其他人分享着自己的父爱。但他对父亲的爱,其实比很多孩子更多。有一次,我们一起坐车,他握着我的手,把我的手放在他的腿上,轻轻地抚摩着,什么话都没有说。我不知道他当时在想些什么,他只是在微笑。当时,我觉得非常温暖。我的家人没有甜言蜜语,但他们给我的感情,是天底下最美好、最无私的。如今,陈亦新也成长为一个青年作家了,他的散文集《暮色里的旧时光》已经由中国大百科全书出版社出版,他那么多年的努力、学习和训练,终于有了成果,他实现了自己的梦想——他还非常年轻,刚三十岁出头,说他已经成为自己想要成为的那个人,可能有些早了。但我相信,假如他能一直守候自己的梦想,守候自己的信念,守候自己的向往,守住自己的明白和坚持,他就能把一个美丽的童话守候一辈子。

再然后,是我的恩师——已故的雷达老师。《大漠祭》能在全国知名,得益于雷达老师的全力推荐。要知道,他在推荐我的作品时,与我并不相识,更没有过来往,他仅仅是因为认可那作品,也因为对中国文坛有着一种责任和期待,所以才会如此尽心竭力。如果中国文坛能多一些他这样的人,中国文坛一定会涌现出更多的好作家、好作品,中国文学,也定然会展现出一种比现在更博大、更厚重的辉煌景象。

我还记得,2012 年,在鲁迅文学院进修时,每个学员都要选择一位导师,我想选雷达老师,可雷达老师却说,雪漠,

感恩相遇（跋）

你什么时候需要我,我都会帮你,现在,你要选择一个好编辑,让他在创作上具体指点你,我跟你之间,别在乎有没有这个名分。但我还是坚持选他。我说,雷老师,您当然不在乎,可历史在乎。您想,将来,作为雪漠的老师,您会多么自豪啊。这句话听起来可能很狂妄,但我是真诚的,我总想让所有老师都感到欣慰,都为我自豪。

2018年3月31日,雷达老师去世了,天地一片苍茫,无边的寂寥扑面而来。中国文坛少了一位无功利地提携后辈,全心全意挖掘好作家、培养好作家的敦厚长者。我很想说,他是中国文学界的伟人,却怕他嫌我把他抬得太高。记得,当初我劝他写传记时,他拒绝了,理由是,很多东西都会过去,没有意义的。但我不这么认为——当然,我也知道世上没有永恒,连我的那些书,能存在多久,我也说不清。可我相信,只要对人类有好处,能解除人类心灵的痛苦,能为人类寻找光明提供火把、铺平道路,这部作品就有存在的理由,人也是这样。我坚信,我的作品给了世界这个理由,我也觉得,雷达老师的人格和追求给了世界这个理由。他应该把这些都留下的。

在如今的文坛上,还有多少人会像他那样,对素未谋面的青年作家如此尽心呢?

其实,不只是文坛,也不只是雷达老师,社会上、历史上有过——也有着——很多这样的人。他们静静地来了,静静地做事,然后静静地离开,没有向世界索求过什么,一门心思地给予,甚至没有要求过世界能记住他,不要遗忘了他。

我觉得,这样的人,也是伟大的人。

为了避免雷老师的在天之灵,怪我在此大唱赞歌,我不说太多。但我仍然想要重申自己的观点:虽然世上一切都是无常的,都在变化和消失,但只要人类存在,大善大美大真的精神就会留下去,存在于世世代代人的心念和行为之中,被整个人类所向往和传颂。而雷达老师最可贵的地方,就在于他承载了这样的精神。虽然他没有选择将这种精神寄托在传记里,留给世界,但他的行为影响了我。如今,我也像他那样,挖掘和培养着未来的好作家,我也在传递着我所认为的文学精神,以及能给世界带来另一种光明的火把。这,或许也是一种永恒。

除了他们,我的生命中还出现过很多帮助过我的人,如省文联的张炳玉、王家达,还有《飞天》杂志的李云鹏、李禾、冉丹等,很多人的名字,我不能尽数,但我把记忆中点点滴滴的故事,都记在了《一个人的西部》里。那部书能留多长,这些故事、这些名字就能留多长,它们给读者们带来的感动,也许会让读者们也像他们那样,去关怀、帮助、启发更多的人。我觉得,这也是文学的价值和意义之一。

2019 年 5 月 4 日于武威雪漠书院